もう一度読みたい

教科書の泣ける名作

新装版

JN050560

もくじ

はじめに

子どものとき、私たちは相当の数の物語を教科書で読みました。成長してからも強く印象に刻まれている作品が、いくつかあるのではないでしょうか。

教科書の作り手が検討に検討を重ね、学習に適したおもしろい作品を選び抜いた結果が、「教科書の物語」です。名作ぞろいなのも当然といえましょう。

けれども、教科書というと、「読まなければいけないもの」という感覚があり、物語の楽しさを十分には鑑賞できていなかったかもしれません。そんな義務感がなくなって、「自分で選んで読む」ものになると、物語は、その魅力を余すところなく発揮してくれるのです。

本書は、小学・中学の国語の教科書に掲載された作品から、懐かしい珠玉の名作を集めました。作品の選考にあたっては、さまざまな世代の方に、アンケートを行い、タイトルが多く挙がったものを中心に、現在も教科書で取り上げている有名な物語から、隠れた名作まで、16篇《ぺん》の物語を収録しています。各作品のあとには、作者、採録された教科書の学年、当時の学習内容なども紹介しています。

人生の経験を積み重ねてきたからこそ、登場人物や作者の思い、また物語そのものが、より深く味わえることと思います。懐かしい作品や初めて出会う作品をじっくりと読んで、いろいろな発見を楽しんでいただければ幸いです。

ごん狐《ぎつね》

新美南吉

一

これは、私《わたし》が小さいときに、村の茂平《もへい》というおじいさんからきいたお話です。

むかしは、私たちの村のちかくの、中山《なかやま》というところに小さなお城があって、中山さまというおとのさまが、おられたそうです。

その中山から、少しはなれた山の中に、「ごん狐《ぎつね》」と言う狐《きつね》がいました。ごんは、一人《ひとり》ぼっちの小狐で、しだのいっぱいしげった森の中に穴をほって住んでいました。そして、夜でも昼でも、あたりの村へ出て来て、いたずらばかりしました。はたけへはいって芋をほりちらしたり、菜種《なたね》がらの、ほしてあるのへ火をつけたり、百姓家《ひゃくしょうや》の裏手につるしてあるとんがらしをむしりとっていったり、いろんなことをしました。

ある秋のことでした。二、三日雨がふりつづいたその間、ごんは、外へも出られなくて穴の中にしゃがんでいました。

雨があがると、ごんは、ほっとして穴からはい出ました。空はからっと晴れていて、百舌鳥《もず》の声がきんきん、ひびいていました。

ごんは、村の小川の堤《つつみ》まで出て来ました。あたりの、すすきの穂には、まだ雨のしずくが光っていました。川はいつもは水が少ないのですが、三日もの雨で、水が、どっとましていました。ただのときは水につかることのない、川べりのすすきや、萩《はぎ》の株が、黄いろくにごった水に横だおしになって、もまれています。ごんは川下《かわしも》の方へと、ぬかるみみちを歩いていきました。

ふと見ると、川の中に人がいて、何かやっています。ごんは、見つからないように、そうっと草の深いところへ歩きよって、そこからじっとのぞいて見ました。

「兵十《ひょうじゅう》だな。」と、ごんは思いました。兵十はぼろぼろの黒いきものをまくし上げて、腰のところまで水にひたりながら、魚をとる、はりきりという、網をゆすぶっていました。はちまきをした顔の横っちょうに、まるい萩の葉が一まい、大きな黒子《ほくろ》みたいにへばりついていました。

しばらくすると、兵十は、はりきり網の一ばんうしろの、袋のようになったところを、水の中からもちあげました。その中には、芝の根や、草の葉や、くさった木ぎれなどが、ごちゃごちゃはいっていましたが、でもところどころ、白いものがきらきら光っています。それは、ふというなぎの腹や、大きなきすの腹でした。兵十《ひょうじゅう》は、びくの中へ、そのうなぎやきすを、ごみと一しょにぶちこみました。そして又、袋の口をしばって、水の中へ入れました。

兵十はそれから、びくをもって川から上がりびくを土手においといて、何をさがしにか、川上《かわかみ》の方へかけていきました。

兵十がいなくなると、ごんは、ぴょいと草の中からとび出して、びくのそばへかけつけました。ちょいと、いたずらがしたくなったのです。ごんはびくの中の魚をつかみ出しては、はりきり網のかかっているところより下手《しもて》の川の中を目がけて、ぽんぽんなげこみました。どの魚も、「とぼん」と音を立てながらにごった水の中へもぐりこみました。

一ばんしまいに、太いうなぎをつかみにかかりましたが、何しろぬるぬるとすべりぬけるので、手ではつかめません。ごんはじれったくなって、頭をびくの中につッこんで、うなぎの頭を口にくわえました。うなぎは、キュッと言って、ごんの首へまきつきました。そのとたんに兵十が、向こうから、

「うわァぬすと狐《ぎつね》め。」と、どなりたてました。ごんは、びっくりしてとびあがりました。うなぎをふりすててにげようとしましたが、うなぎは、ごんの首にまきついたままはなれません。ごんはそのまま横っとびにとび出して一しょうけんめいに、にげていきました。

ほら穴の近くの、はんの木の下でふりかえって見ましたが、兵十は追っかけては来ませんでした。

ごんは、ほっとして、うなぎの頭をかみくだき、やっとはずして穴のそとの、草の葉の上にのせておきました。

二

十日《とおか》ほどたって、ごんが、弥助《やすけ》というお百姓の家《うち》の裏をとおりかかりますと、

そこの、いちじくの木のかげで、弥助《やすけ》の家内《かない》が、おはぐろをつけていました。鍛冶屋《かじや》の新兵衛《しんべえ》の家《うち》のうらをとおると、新兵衛の家内が、髪をすいていました。ごんは、

「ふふん、村に何かあるんだな。」と思いました。

「何だろう、秋祭りかな。祭りなら、太鼓や笛の音がしそうなものだ。それに第一、お宮にのぼりが立つはずだが。」

こんなことを考えながらやって来ますと、いつの間にか、表に赤い井戸のある、兵十《ひょうじゅう》の家《うち》の前へ来ました。その小さな、こわれかけた家《いえ》の中には、大勢の人があつまっていました。よそいきの着物を着て、腰に手拭《てぬぐ》いをさげたりした女たちが、表のかまどで火をたいています。大きな鍋《なべ》の中では、何かぐずぐず煮えていました。

「ああ、葬式だ。」と、ごんは思いました。

「兵十の家《うち》のだれが死んだんだろう。」

お午《ひる》がすぎると、ごんは、村の墓地へいって、六地蔵《ろくじぞう》さんのかげにかくれて

いました。いいお天気で、遠く向こうにはお城の屋根瓦《やねがわら》が光っています。墓地には、ひがん花《ばな》が、赤い布《きれ》のようにさきつづいていました。と、村の方から、カーン、カーンと鐘《かね》が鳴って来ました。葬式の出る合図です。

やがて、白い着物を着た葬列のものたちがやって来るのがちらちら見えはじめました。話し声も近くなりました。葬列は墓地へはいって来ました。人々が通《とお》ったあとには、ひがん花が、ふみおられていました。

ごんはのびあがって見ました。兵十が、白いかみしもをつけて、位牌《いはい》をささげています。いつもは赤いさつま芋みたいな元気のいい顔が、きょうは何だかしおれていました。

「ははん、死んだのは兵十のおっ母《かあ》だ。」

ごんはそう思いながら、頭をひっこめました。

その晩、ごんは、穴の中で考えました。

「兵十のおっ母は、床《とこ》についていて、うなぎが食べたいと言ったにちがいない。それで兵十がはりきり網をもち出したんだ。ところが、わしがいたずらをして、うなぎをとって来てしまった。だから兵十《ひょうじゅう》は、おっ母《かあ》にうなぎを食べさせることが出来なかった。そのままおっ母は、死んじゃったにちがいない。ああ、うなぎが食べたい、うなぎが食べたいとおもいながら、死んだんだろう。ちょッ、あんないたずらをしなけりゃよかった。」

三

兵十が、赤い井戸のところで、麦をといでいました。

兵十は今まで、おっ母と二人《ふたり》きりで貧しいくらしをしていたもので、おっ母が死んでしまっては、もう一人ぼっちでした。

「おれと同じ一人ぼっちの兵十か。」

こちらの物置の後ろから見ていたごんは、そう思いました。

ごんは物置のそばをはなれて、向こうへいきかけますと、どこかで、いわしを売る声がします。

「いわしのやすうりだァい。いきのいいいわしだァい。」

ごんは、その、いせいのいい声のする方へ走っていきました。と、弥助《やすけ》のおかみさんが裏戸口《うらとぐち》から、

「いわしをおくれ。」と言いました。いわし売りは、いわしのかごをつんだ車を、道ばたにおいて、ぴかぴか光るいわしを両手でつかんで、弥助の家《うち》の中へもってはいりました。ごんはそのすきまに、かごの中から、五、六ぴきのいわしをつかみ出して、もと来た方へかけ出《だ》しました。そして、兵十の家《うち》の裏口から、家《うち》の中へいわしを投げこんで、穴へ向かってかけもどりました。途中の坂の上でふりかえって見ますと、兵十がまだ、井戸のところで麦をといでいるのが小さく見えました。

ごんは、うなぎのつぐないに、まず一つ、いいことをしたと思いました。

つぎの日には、ごんは山で栗《くり》をどっさりひろって、それをかかえて、兵十の家《うち》へいきました。裏口からのぞいて見ますと、兵十は、午飯《ひるめし》をたべかけて、茶椀《ちゃわん》をもったまま、ぼんやりと考えこんでいました。へんなことには兵十の頰《ほっ》ぺ

たに、かすり傷がついています。どうしたんだろうと、ごんが思っていますと、兵十《ひょうじゅう》がひとりごとをいいました。

「いったいだれが、いわしなんかをおれの家《うち》へほうりこんでいったんだろう。おかげでおれは、盗人《ぬすびと》と思われて、いわし屋のやつに、ひどい目にあわされた。」

と、ぶつぶつ言っています。

ごんは、これはしまったと思いました。かわいそうに兵十は、いわし屋にぶんなぐられて、あんな傷までつけられたのか。

ごんはこうおもいながら、そっと物置の方へまわってその入り口に、栗《くり》をおいてかえりました。

つぎの日も、そのつぎの日もごんは、栗をひろっては、兵十の家《うち》へもって来てやりました。そのつぎの日には、栗ばかりでなく、まつたけも二、三ぼんもっていきました。

四

月のいい晩でした。ごんは、ぶらぶらあそびに出かけました。中山さまのお城の下を通ってすこしいくと、細い道の向こうから、だれか来るようです。話し声が聞こえます。チンチロリン、チンチロリンと松虫が鳴いています。

ごんは、道の片がわにかくれて、じっとしていました。話し声はだんだん近くなりました。それは、兵十と、加助《かすけ》というお百姓でした。

「そうそう、なあ加助。」と、兵十がいいました。

「ああん?」

「おれあ、このごろ、とても、ふしぎなことがあるんだ。」

「何が?」

「おっ母《かあ》が死んでからは、だれだか知らんが、おれに栗やまつたけなんかを、まいにちまいにちくれるんだよ。」

「ふうん、だれが?」

「それがわからんのだよ。おれの知らんうちに、おいていくんだ。」

ごんは、二人のあとをつけていきました。

「ほんとかい？」

「ほんとだとも。うそと思うなら、あした見に来いよ。その栗《くり》を見せてやるよ。」

「へえ、へんなこともあるもんだなァ。」

それなり、二人はだまって歩いていきました。

加助《かすけ》がひょいと、後ろを見ました。ごんはびくっとして、小さくなってたちどまりました。加助は、ごんには気がつかないで、そのままさっさとあるきました。吉兵衛《きちべえ》というお百姓の家《うち》まで来ると、二人はそこへはいっていきました。ポンポンポンポンと木魚《もくぎょ》の音がしています。窓の障子《しょうじ》にあかりがさしていて、大きな坊主頭《ぼうずあたま》がうつって動いていました。ごんは、

「おねんぶつがあるんだな。」と思いながら井戸のそばにしゃがんでいました。しばらくすると、また三人ほど、人がつれだって吉兵衛の家《うち》へはいっていきました。お経を読む声がきこえて来ました。

五

ごんは、おねんぶつがすむまで、井戸のそばにしゃがんでいました。兵十《ひょうじゅう》と加助はまたいっしょにかえっていきます。ごんは、二人の話をきこうと思って、ついていきました。兵十の影法師《かげぼうし》をふみふみいきました。

お城の前まで来たとき、加助が言い出しました。

「さっきの話は、きっと、そりゃあ、神さまのしわざだぞ。」

「えっ?」と、兵十はびっくりして、加助の顔を見ました。

「おれは、あれからずっと考えていたが、どうも、そりゃ、人間じゃない、神さまだ、神さまが、お前がたった一人になったのをあわれに思わっしゃって、いろんなものをめぐんで下さるんだよ。」

「そうかなあ。」

「そうだとも。だから、まいにち神さまにお礼を言うがいいよ。」

「うん。」

ごんは、へえ、こいつはつまらないなと思いました。おれが、栗《くり》や松たけを持っていってやるのに、そのおれにはお礼をいわないで、神さまにお礼をいうんじゃァおれは、引き合わないなあ。

六

そのあくる日もごんは、栗をもって、兵十《ひょうじゅう》の家《うち》へ出かけました。兵十は物置で縄をなっていました。それでごんは家《うち》の裏口から、こっそり中へはいりました。

そのとき兵十は、ふと顔をあげました。と狐《きつね》が家《うち》の中へはいったではありませんか。こないだうなぎをぬすみやがったあのごん狐《ぎつね》めが、またいたずらをしに来たな。

「ようし。」

兵十は、立ちあがって、納屋《なや》にかけてある火縄銃《ひなわじゅう》をとって、火薬をつめました。

そして足音をしのばせてちかよって、今戸口を出ようとするごんを、ドンと、うちました。ごんは、ばたりとたおれました。兵十はかけよって来ました。家《うち》の中を見ると土間《どま》に栗が、かためておいてあるのが目につきました。

「おや。」と兵十は、びっくりしてごんに目を落としました。

「ごん、お前《まい》だったのか。いつも栗をくれたのは。」

ごんは、ぐったりと目をつぶったまま、うなずきました。

兵十は、火縄銃をばたりと、とり落としました。青い煙が、まだ筒口《つつぐち》から細く出ていました。


（新美南吉「ごん狐」『校定 新美南吉全集 第三巻』〈大日本図書〉より）
※原文の旧字体・旧かなづかい・送りがなは、現代のものに改めました。

「あのころ」をふりかえる

■新美南吉《にいみなんきち》

一九一三（大正二）年〜一九四三（昭和十八）年。渡辺《わたなべ》家の次男として、愛知県に生まれる。生後まもなく亡くなった兄である長男と同じく、正八《しょうはち》と名付けられた。四歳で母を亡くし、八歳のときには母の実家である新美家の養子となる。十四歳の頃から、童話や童謡を盛んに創作し始めた。

教員をしながら、児童文学者として童話の執筆を続け、『赤い鳥』などの児童文芸雑誌に、作品を発表した。二十九歳という若さで亡くなったが、童話の他、童謡、小説、戯曲、詩、俳句、短歌など、千五百を超える作品を残した。それは、創作を始めたのが早かったおかげといえよう。代表作は、「ごん狐《ぎつね》」「手袋を買いに」「おじいさんのランプ」など。

注文の多い料理店

宮沢賢治

二人の若い紳士が、すっかりイギリスの兵隊のかたちをして、ぴかぴかする鉄砲をかついで、白熊のような犬を二疋《ひき》つれて、だいぶ山奥の、木《き》の葉《は》のかさかさしたとこを、こんなことを云《い》いながら、あるいておりました。

「ぜんたい、ここらの山は怪《け》しからんね。鳥も獣も一疋も居《い》やがらん。なんでも構わないから、早くタンタアーンと、やって見たいもんだなあ。」

「鹿の黄いろな横っ腹なんぞに、二、三発お見舞いもうしたら、ずいぶん痛快だろうねえ。くるくるまわって、それからどたっと倒れるだろうねえ。」

それはだいぶの山奥でした。案内してきた専門の鉄砲打ちも、ちょっとまごついて、どこかへ行ってしまったくらいの山奥でした。

それに、あんまり山が物凄《ものすご》いので、その白熊のような犬が、二疋いっしょにめまいを起こして、しばらく吠《うな》って、それから泡を吐いて死んでしまいました。

「じつにぼくは、二千四百円の損害だ」と一人の紳士が、その犬の眼《ま》ぶたを、ちょっとかえしてみて言いました。

「ぼくは二千八百円の損害だ。」と、もひとりが、くやしそうに、あたまをまげて言いました。

はじめの紳士は、すこし顔いろを悪くして、じっと、もひとりの紳士の、顔つきを見ながら云いました。

「ぼくはもう戻ろうとおもう。」

「さあ、ぼくもちょうど寒くはなったし腹は空《す》いてきたし戻ろうとおもう。」

「そいじゃ、これで切りあげよう。なあに戻りに、昨日《きのう》の宿屋で、山鳥を拾円《じゅうえん》も買って帰ればいい。」

「兎《うさぎ》もでていたねえ。そうすれば結局おんなじこった。では帰ろうじゃないか」

ところがどうも困ったことは、どっちへ行けば戻れるのか、いっこう見当がつかなくなっていました。

風がどうと吹《ふ》いてきて、草はざわざわ、木《き》の葉《は》はかさかさ、木はごとんごとんと鳴りました。

「どうも腹が空いた。さっきから横っ腹が痛くてたまらないんだ。」

「ぼくもそうだ。もうあんまりあるきたくないな。」

「あるきたくないよ。ああ困ったなあ、何かたべたいなあ。」

「喰《た》べたいもんだなあ」

二人の紳士は、ざわざわ鳴るすすきの中で、こんなことを云《い》いました。

その時ふとうしろを見ますと、立派な一軒の西洋造りの家《うち》がありました。

そして玄関《げんかん》には

RESTAURANT
西洋料理店
WILDCAT HOUSE
山　猫　軒

という札《ふだ》がでていました。

「君、ちょうどいい。ここはこれでなかなか開《ひら》けてるんだ。入ろうじゃないか」

「おや、こんなとこにおかしいね。しかしとにかく何か食事ができるんだろう」

「もちろんできるさ。看板にそう書いてあるじゃないか」

「はいろうじゃないか。ぼくはもう何か喰べたくて倒れそうなんだ。」

二人は玄関に立ちました。玄関は白い瀬戸《せと》の煉瓦《れんが》で組んで、実に立派なもんです。

そして硝子《がらす》の開《ひら》き戸《ど》がたって、そこに金文字でこう書いてありました。

「どなたもどうかお入りください。決してご遠慮はありません」

二人はそこで、ひどくよろこんで言いました。

「こいつはどうだ、やっぱり世の中はうまくできてるねえ、きょう一日なんぎしたけれど、こんどはこんないいこともある。このうちは料理店だけれどもただでご馳走《ちそう》するんだぜ。」

「どうもそうらしい。決してご遠慮はありませんというのはその意味だ。」

二人は戸を押して、なかへ入りました。そこはすぐ廊下になっていました。

その硝子戸の裏側には、金文字でこうなっていました。

「ことに肥《ふと》ったお方や若いお方は、大歓迎いたします」

二人は大歓迎というので、もう大よろこびです。

「君、ぼくらは大歓迎にあたっているのだ。」

「ぼくらは両方兼ねてるから」

ずんずん廊下を進んで行きますと、こんどは水いろのペンキ塗りの扉《と》がありました。

「どうも変な家《うち》だ。どうしてこんなにたくさん戸があるのだろう。」

「これはロシア式だ。寒いとこや山の中はみんなこうさ。」

そして二人はその扉《と》をあけようとしますと、上に黄いろな字でこう書いてありました。


「当軒《とうけん》は注文の多い料理店ですからどうかそこはご承知ください」


「なかなかはやってるんだ。こんな山の中で。」

「それあそうだ。見たまえ、東京の大きな料理屋だって大通りにはすくないだろう」

二人は云《い》いながら、その扉《と》をあけました。するとその裏側に、

「注文はずいぶん多いでしょうがどうか一々《いちいち》こらえて下さい。」

「これはぜんたいどういうんだ。」ひとりの紳士は顔をしかめました。

「うん、これはきっと注文があまり多くて支度《したく》が手間取《てまど》るけれどもごめん下さいと斯《こ》ういうことだ。」

「そうだろう。早くどこか室《へや》の中にはいりたいもんだな。」

「そしてテーブルに座りたいもんだな。」

ところがどうもうるさいことは、また扉《と》が一つありました。そしてそのわきに鏡がかかって、その下には長い柄《え》のついたブラシが置いてあったのです。

扉《と》には赤い字で、

「お客さまがた、ここで髪をきちんとして、それからはきものの泥を落としてください。」と書いてありました。

「これはどうも尤《もっと》もだ。僕もさっき玄関で、山のなかだとおもって見くびったんだよ」

「作法の厳しい家《うち》だ。きっとよほど偉い人たちが、たびたび来るんだ。」

そこで二人は、きれいに髪をけずって、靴の泥を落としました。

そしたら、どうです。ブラシを板の上に置くや否《いな》や、そいつがぼうっとかすんで無くなって、風がどうっと室《へや》の中に入ってきました。

二人はびっくりして、互いによりそって、扉《と》をがたんと開けて、次の室《へや》へ入って行きました。早く何か暖かいものでもたべて、元気をつけて置かないと、もう途方《とほう》もないことになってしまうと、二人とも思ったのでした。

扉《と》の内側に、また変なことが書いてありました。

「鉄砲と弾丸《たま》をここへ置いてください。」

見るとすぐ横に黒い台がありました。

「なるほど、鉄砲を持ってものを食うという法はない。」

「いや、よほど偉いひとが始終来ているんだ。」

二人は鉄砲をはずし、帯皮《おびかわ》を解いて、それを台の上に置きました。

また黒い扉《と》がありました。

「どうか帽子と外套《がいとう》と靴をおとり下さい。」

「どうだ、とるか。」

「仕方ない、とろう。たしかによっぽどえらいひとなんだ。奥に来ているのは」

二人は帽子とオーバコートを釘《くぎ》にかけ、靴をぬいでぺたぺたあるいて扉《と》の中にはいりました。

扉《と》の裏側には、

「ネクタイピン、カフスボタン、眼鏡《めがね》、財布、その他金物類《たかなものるい》、

ことに尖《とが》ったものは、みんなここに置いてください」

と書いてありました。扉《と》のすぐ横には黒塗りの立派な金庫も、ちゃんと口を開《あ》けて置いてありました。鍵まで添えてあったのです。

「ははあ、何かの料理に電気をつかうと見えるね。金気《かなけ》のものはあぶない。ことに尖ったものはあぶないと斯《こ》う云《い》うんだろう。」

「そうだろう。して見ると勘定は帰りにここで払うのだろうか。」

「どうもそうらしい。」

「そうだ。きっと。」

二人はめがねをはずしたり、カフスボタンをとったり、みんな金庫の中に入れて、ぱちんと錠《じょう》をかけました。

すこし行きますとまた扉《と》があって、その前に硝子《がらす》の壺《つぼ》が一つありました。扉《と》には斯《こ》う書いてありました。

「壺のなかのクリームを顔や手足にすっかり塗ってください。」

みるとたしかに壺のなかのものは牛乳のクリームでした。

「クリームをぬれというのはどういうんだ。」

「これはね、外がひじょうに寒いだろう。室《へや》のなかがあんまり暖かいとひびがきれるから、その予防なんだ。どうも奥には、よほどえらいひとがきている。こんなとこで、案外ぼくらは、貴族とちかづきになるかも知れないよ。」

二人は壺のクリームを、顔に塗って手に塗ってそれから靴下をぬいで足に塗りました、それでもまだ残っていましたから、それは二人ともめいめいこっそり顔へ塗るふりをしながら喰《た》べました。

それから大急ぎで扉《と》をあけますと、その裏側には、

「クリームをよく塗りましたか、耳にもよく塗りましたか、」

と書いてあって、ちいさなクリームの壺がここにも置いてありました。

「そうそう、ぼくは耳には塗らなかった。あぶなく耳にひびを切らすとこだった。ここの主人はじつに用意周到だね。」

「ああ、細かいとこまでよく気がつくよ。ところでぼくは早く何か喰べたいんだが、どうも斯うどこまでも廊下じゃ仕方ないね。」

するとすぐその前に次の戸がありました。

「料理はもうすぐできます。

十五分とお待たせはいたしません。

すぐたべられます。

早くあなたの頭に瓶の中の香水をよく振りかけてください。」

そして戸の前には金ピカの香水の瓶が置いてありました。

二人はその香水を、頭へぱちゃぱちゃ振りかけました。

ところがその香水は、どうも酢のような匂いがするのでした。

「この香水はへんに酢くさい。どうしたんだろう。」

「まちがえたんだ。下女が風邪《かぜ》でも引いてまちがえて入れたんだ。」

二人は扉《と》をあけて中にはいりました。

扉《と》の裏側には、大きな字で斯《こ》う書いてありました。

「いろいろ注文が多くてうるさかったでしょう。お気の毒でした。もうこれだけです。どうかからだ中《じゅう》に、壺《つぼ》の中の塩をたくさんよくもみ込んでください。」

なるほど立派な青い瀬戸《せと》の塩壺は置いてありましたが、こんどというこんどは二人ともぎょっとしてお互いにクリームをたくさん塗った顔を見合わせました。

「どうもおかしいぜ。」

「ぼくもおかしいとおもう。」

「沢山《たくさん》の注文というのは、向こうがこっちへ注文してるんだよ。」

「だからさ、西洋料理店というのは、ぼくの考えるところでは、西洋料理を、

来た人にたべさせるのではなくて、来た人を西洋料理にして、食べてやる家《うち》と
こういうことなんだ。これは、その、つ、つ、つ、つまり、ぼ、ぼ、ぼくらが
……。」がたがたがたがた、ふるえだしてもうものが言えませんでした。

「その、ぼ、ぼくらが、……うわあ。」がたがたがたふるえだして、もう
ものが言えませんでした。

「遁《に》げ……。」がたがたしながら一人の紳士はうしろの戸を押そうとしましした
が、どうです、戸はもう一分《いちぶ》も動きませんでした。

奥の方にはまだ一枚扉《と》があって、大きなかぎ穴が二つつき、銀いろのホーク
とナイフの形が切りだしてあって、

「いや、わざわざご苦労です。

大《たい》へん結構にできました。

さあさあおなかにおはいりください。」

と書いてありました。おまけにかぎ穴からはきょろきょろ二つの青い眼玉《めだま》が
こっちをのぞいています。

「うわあ。」がたがたがたがた。

「うわあ。」がたがたがたがた。

ふたりは泣き出しました。

すると戸の中では、こそこそこんなことを云《い》っています。

「だめだよ。もう気がついたよ。塩をもみこまないようだよ。」

「あたりまえさ。親分の書きようがまずいんだ。あすこへ、いろいろ注文が多くてうるさかったでしょう、お気の毒でしたなんて、間抜《まぬ》けたことを書いたもんだ。」

「どっちでもいいよ。どうせぼくらには、骨も分けて呉《く》れやしないんだ。」

「それはそうだ。けれどももしここへあいつらがはいって来なかったら、それはぼくらの責任だぜ。」

「呼ぼうか、呼ぼう。おい、お客さん方、早くいらっしゃい。いらっしゃい。いらっしゃい。お皿も洗ってありますし、菜っ葉ももうよく塩でもんで置きました。あとはあなたがたと、菜っ葉をうまくとりあわせて、まっ白なお皿にのせるだけです。はやくいらっしゃい。」

「へい、いらっしゃい、いらっしゃい。それともサラドはお嫌いですか。そんならこれから火を起こしてフライにしてあげましょうか。とにかくはやくいらっしゃい。」

二人はあんまり心を痛めたために、顔がまるでくしゃくしゃの紙屑《かみくず》のようになり、お互いにその顔を見合わせ、ぶるぶるふるえ、声もなく泣きました。

中ではふっふっとわらってまた叫んでいます。

「いらっしゃい、いらっしゃい。そんなに泣いては折角《せっかく》のクリームが流れるじゃありませんか。へい、ただいま。じきもってまいります。さあ、早くいらっしゃい。」

「早くいらっしゃい。親方がもうナフキンをかけて、ナイフをもって、舌なめずりして、お客さま方を待っていられます。」

二人は泣いて泣いて泣いて泣いて泣きました。

そのときうしろからいきなり、

「わん、わん、ぐわあ。」という声がして、あの白熊のような犬が二疋《ひき》、扉《と》をつきやぶって室《へや》の中に飛び込んできました。鍵穴の眼玉《めだま》はたちまちなくなり、犬どもはううとうなってしばらく室《へや》の中をくるくる廻《まわ》っていましたが、また一声

「わん。」と高く吠《ほ》えて、いきなり次の扉《と》に飛びつきました。戸はがたりとひらき、犬どもは吸い込まれるように飛んで行きました。

その扉《と》の向こうのまっくらやみのなかで、

「にゃあお、くわあ、ごろごろ。」という声がして、それからがさがさ鳴りました。

室《へや》はけむりのように消え、二人は寒さにぶるぶるふるえて、草の中に立っていました。

見ると、上着や靴や財布やネクタイピンは、あっちの枝にぶらさがったり、こっちの根もとにちらばったりしています。風がどうと吹いてきて、草はざわざわ、木《き》の葉《は》はかさかさ、木はごとんごとんと鳴りました。

犬がふうとうなって戻ってきました。

そしてうしろからは、

「旦那《だんな》あ、旦那あ、」と叫ぶものがあります。

二人は俄《にわ》かに元気がついて
「おおい、おおい、ここだぞ、早く来い。」と叫びました。

簑帽子《みのぼうし》をかぶった専門の猟師が、草をざわざわ分けてやってきました。

そこで二人はやっと安心しました。

そして猟師のもってきた団子をたべ、途中で十円だけ山鳥を買って東京に帰りました。

しかし、さっき一ぺん紙くずのようになった二人の顔だけは、東京に帰っても、お湯にはいっても、もうもとのとおりになおりませんでした。


（宮沢賢治「注文の多い料理店」『校本 宮澤賢治全集 第十一巻』〈筑摩書房〉より）
※原文の旧字体・旧かなづかい・送りがなは、現代のものに改めました。

「あのころ」をふりかえる

■宮沢賢治《みやざわけんじ》

一八九六（明治二十九）年～一九三三（昭和八）年。岩手県花巻《はなまき》生まれ。三十七歳で亡くなるまでに、「グスコーブドリの伝記」、「セロひきのゴーシュ」など、数多くの作品を残した。しかし生前に刊行されたのは、詩集『春《はる》と修《しゅ》羅《ら》』と、「イーハトヴ童話」の副題がついた童話集『注文の多い料理店』という、二作品のみだった。なお「イーハトヴ」とは賢治の造語で、岩手県のこと。有名な詩「雨ニモマケズ」は、賢治の死後、手帳から発見された。

賢治は農学校の教師を経て、地元のために様々な活動を行うかたわら、執筆を続けた。徹底的に推敲《すいこう》を重ねることでも知られ、代表作の一つである「銀《ぎん》河《が》鉄道《てつどう》の夜」には、一次稿から四次稿までが存在する。また、この作品には、賢治と仲の良かった妹のトシが若くして亡くなったことが、大きな影響を与えたと考えられている。

大造《だいぞう》じいさんとガン

椋鳩十

《まえがき》

知りあいの狩人《かりゅうど》にさそわれて、わたくしはイノシシ狩《が》りにでかけました。イノシシ狩りの人びとはみな栗野岳《くりのがだけ》のふもとの大造《だいぞう》じいさんの家にあつまりました。じいさんは、七十二歳だというのに、腰ひとつまがっていない、元気な老《ろう》狩人《かりゅうど》でした。そして狩人のだれもがそうであるように、なかなか話じょうずの人でした。血管のふくれた、がんじょうな手を、いろりのたき火にかざしながら、それからそれと、ゆかいな狩りの話をしてくれました。その話のなかに、いまから三十五、六年もまえ、まだ栗野岳のふもとの沼地にガンがさかんにきたころの、ガン狩《が》りの話もありました。わたくしはそのおりの話をもととして、この物語を書いてみました。

さあ、大きな丸太が、パチ、パチともえあがり、しょうじには、自在《じざい》かぎと、なべのかげがうつり、すがすがしい木のにおいのするけむりがたちこめている、山家《やまが》のろばたを想像しながら、この物語をお読みください。

（二）

ことしも、残雪《ざんせつ》はガンの群れをひきいて沼地にやってきました。

残雪というのは、一羽《わ》のガンにつけられた名まえです。左右のつばさに、一か所ずつ、まっ白なまじり毛をもっていたので狩人たちから、そうよばれていました。

残雪は、この沼地にあつまるガンの頭領らしい、なかなかりこうなやつで、なかまがえさをあさっているまも、ゆだんなく気をくばって、猟銃のとどくところまで、けっして人間をよせつけませんでした。

大造じいさんは、この沼地を狩り場にしていましたが、いつごろからか、この残雪がくるようになってから、一羽のガンも手にいれることができなくなったので、いまいましく思っていました。

そこで残雪がやってきたと知ると、大造じいさんは、ことしこそはと、かねて考えておいた、とくべつな方法にとりかかりました。

それは、いつもガンのえさをあさるあたりいちめんに、くいをうちこんで、タニシをつけたウナギつりを、たたみ糸でむすびつけておくことでした。じいさんはひと晩じゅうかかって、たくさんのウナギつりをしかけておきました。

こんどは、なんだかうまくいきそうな気がしてなりませんでした。

翌日の昼ちかく、じいさんは胸をわくわくさせながら沼地にいきました。

昨晩つりばりをしかけておいたあたりに、何かバタバタしているものが見えました。

「しめたぞ！」

じいさんはつぶやきながら、むちゅうでかけつけました。

「ほほう、これはすばらしい！」

じいさんは、思わず子どものように声をあげてよろこびました。一羽だけであったが、生きているガンがうまく手にはいったので、じいさんは、うれしく思いました。

さかんにばたついたとみえて、あたりいちめんに羽が飛び散っていました。

ガンの群れは、このきけんを感じてえさ場をかえたらしく、あたりには一羽も見えませんでした。しかし、大造《だいぞう》じいさんは、たかが鳥のことだ、ひと晩たてば、またわすれてやってくるにちがいない、と考えて、きのうよりも、もっとたくさんのつりばりをばらまいておきました。

その翌日、きのうと同じところに、大造じいさんはでかけていきました。

秋の日が美しくかがやいていました。

じいさんが沼地にすがたをあらわすと、大きな羽音《はおと》とともに、ガンの大群《たいぐん》が飛びたちました。じいさんは、

「はてな。」

と、首をかしげました。

つりばりをしかけておいたあたりで、たしかにガンがえさをあさったけいせきがあるのに、きょうは一羽もはりにかかっていません。

いったいどうしたというのでしょう。

気をつけてみると、つりばりの糸がみな、ぴーんと引きのばされています。

ガンは、きのうの失敗にこりて、えさをすぐにはのみこまないで、まず、く

ちばしの先にくわえて、ぐーと引っぱってみてから、異状なしとみとめると、はじめてのみこんだものらしいのです。

これも、あの残雪《ざんせつ》がなかまを指導してやったにちがいありません。

「うーむ!」

大造《だいぞう》じいさんは、おもわず感嘆の声をもらしてしまいました。

ガンとか、カモとかいう鳥は、鳥類の中で、あまりりこうなほうではないといわれていますが、どうしてなかなか、あの小さい頭の中に、たいした知恵をもっているものだな、ということを、いまさらのように感じたのでありました。

(二)

その翌年《よくねん》も残雪は、大群をひきいてやってきました。そして、例によって、沼地のうちでも、とりわけ見とおしのきくところをえさ場にえらんで、えさをあさるのでした。

大造じいさんは夏のうちから心がけて、タニシを五俵《ひょう》ばかりあつめておきました。そしてそれをガンのこのみそうな場所にばらまいておきました。どんなあんばいだったかな、と、その夜いってみると、あんのじょう、そこにあつまって、さかんに食べたけいせきがありました。

その翌日も、同じ場所にうんとこさとまいておきました。その翌日も、そのまた翌日も、同じようなことをしました。

ガンの群れは、思わぬごちそうが四、五日もつづいたので、沼地のうちでも、そこがいちばん気にいりの場所となったようでありました。

大造じいさんは会心《かいしん》のえみをもらしました。

そこで、夜のあいだにえさ場より少しはなれたところに、小さな小屋をつくって、その中にもぐりこみました。そしてねぐらをぬけだして、このえさ場にやってくるガンの群れをまっているのでした。

あかつきの光が、小屋の中にすがすがしく流れこんできました。

沼地にやってくるガンのすがたが、かなたの空に、黒くてんてんと見えだしました。

先頭にくるのが残雪《ざんせつ》にちがいありません。

その群れはぐんぐんやってきます。

しめたぞ！

もう少しのしんぼうだ。あの群れの中に一発ぶちこんで、ことしこそは目にもの見せてくれるぞ。猟銃をぐっとにぎりしめた大造《だいぞう》じいさんは、ほおがびりびりするほどひきしまるのでした。

ところが、残雪は、ゆだんなく地上を見おろしながら、群れをひきいてやってきました。そして、ふと、いつものえさ場に、きのうまでなかった小さな小屋をみとめました。

「ようすのかわったところに近づかぬがよいぞ。」

かれの本能は、そう感じたらしいのです。ぐっと急角度に方向をかえると、その広い沼地の、ずっと西がわのはしに着陸しました。

もう少しで、弾《たま》のとどく距離にはいってくる、というところで、またしても残雪のために、してやられてしまいました。

大造じいさんは、広い沼地のむこうを、じっと見つめたまま、ううん、とうなってしまいました。

（三）

ことしもまた、ぼつぼつ、例の沼地にガンのくる季節になりました。

大造じいさんは、生きたドジョウを入れたどんぶりをもって、鳥小屋のほうにいきました。じいさんが小屋にはいると、一羽のガンが、羽をばたつかせながら、じいさんに飛びついてきました。

このガンは、二年まえ、じいさんがつりばりの計略で生けどったものだったのです。いまではすっかり、じいさんになついていました。ときどき、鳥小屋から運動のために、外にだしてやるが、ヒュ、ヒュ、ヒュと口笛をふけば、どこにいても、じいさんのところにかえってきて、その肩《かた》さきにとまるほどになれていました。

大造じいさんは、ガンがどんぶりから、えさを食べているのを、じっと見つ

めながら、

「ことしはひとつ、これを使ってみるかな。」

と、ひとりごとをいいました。

じいさんは、長年の経験で、ガンは、いちばんさいしょに飛びたったもののあとについて飛ぶ、ということを知っていたので、このガンを手にいれたときから、ひとつ、これをおとりに使って、残雪《ざんせつ》のなかまをとらえてやろうと考えていたのでした。

さて、いよいよ残雪の一群が、ことしもやってきた、と聞いて、大造《だいぞう》じいさんは沼地へでかけていきました。

ガンたちは、昨年じいさんが小屋がけしたところから、弾《たま》のとどく距離の三ばいもはなれている地点を、えさ場にしているようでした。そこは、夏の出水で、大きな水たまりができて、ガンのえさがじゅうぶんにあるらしかったのです。

「うまくいくぞ。」

大造じいさんは、青くすんだ空を見あげながら、にっこりとしました。

その夜のうちに、飼いならしたガンを例のえさ場にはなち、昨年たてた小屋の中にもぐりこんでガンの群れをまつことにしました。

さあ、いよいよ戦闘開始だ。

東の空がまっ赤にもえて、朝がきました。

残雪は、いつものように、群れの先頭にたって、美しい朝の空を、真一文字に横ぎってやってきました。

やがてえさ場におりると、「ガー、ガー」という、やかましい声で鳴きはじめました。大造じいさんの胸はわくわくしてきました。しばらく目をつぶって、心のおちつくのをまちました。そして、ひえびえする銃身を、ぎゅっとにぎりしめました。

じいさんは目をひらきました。

「さあ、きょうこそ、あの残雪めに、ひとあわふかせてやるぞ。」

くちびるを二、三回しずかにぬらしました。そしてあのおとりを飛びたたせるために口笛をふこうと、くちびるをとんがらせました。と、そのとき、ものすごい羽音《はおと》とともに、ガンの群れがいちどに、バタバタと飛びたちました。

「どうしたことだ。」

じいさんは、小屋の外に、はいだしてみました。

ガンの群れをめがけて、白い雲のあたりから、何か一直線に落ちてきました。

ハヤブサだ。

ガンの群れは、残雪《ざんせつ》にみちびかれて、じつにすばやい動作で、ハヤブサの目をくらませながら、飛びさっていきます。

「あ!」

一羽飛びおくれたのがいます。

大造《だいぞう》じいさんのおとりのガンです。

長いあいだ飼いならされていたので、野鳥としての本能が、にぶっていたのでした。

ハヤブサはその一羽を見のがしませんでした。

じいさんは、ピュ、ピュ、ピュ、と口笛をふきました。

こんな命がけのばあいでも、飼い主のよび声を聞きわけたとみえて、ガンはこっちに方向をかえました。

ハヤブサは、その道をさえぎって、パーン、とひとけり、けりました。

ぱっ、と白い羽毛《うもう》があかつきの空に光って散りました。ガンのからだは、ななめにかたむきました。

もうひとけりと、ハヤブサが攻撃のしせいをとったとき、さっ、と大きなかげが空を横ぎりました。

残雪です。

大造じいさんは、ぐっと銃を肩にあてて残雪をねらいました。が、なんと思ったか、また銃をおろしてしまいました。

残雪の目には、人間もハヤブサもありませんでした。ただすくわねばならぬなかまのすがたがあるだけでした。

いきなり、敵にぶつかっていきました。そして、あの大きな羽で、力いっぱいあいてをなぐりつけました。

不意をうたれて、さすがのハヤブサも、空中でふらふらとよろめきました。が、ハヤブサもさるものです。さっと体勢をととのえると、残雪《ざんせつ》の胸もとに飛びこみました。

ぱっ

ぱっ

羽が、白い花べんのように、すんだ空に飛び散りました。

そのまま、ハヤブサと残雪はもつれあって、沼地に落ちていきました。

大造《だいぞう》じいさんはかけつけました。

二羽の鳥は、なおも、地上ではげしくたたかっていました。が、ハヤブサは人間のすがたをみとめると、きゅうにたたかいをやめて、よろめきながら飛びさっていきました。

残雪は、胸のあたりを、くれないにそめて、ぐったりとしていました。しかし、第二のおそろしい敵が近づいたのを感じると、のこりの力をふりしぼって、ぐっと長い首を持ちあげました。そして、じいさんを正面からにらみつけました。

それは、鳥とはいえ、いかにも頭領らしい、どうどうたる態度のようでありました。

大造じいさんが手をのばしても、残雪はもうじたばたさわぎませんでした。さいごのときを感じて、せめて頭領としての威厳をきずつけまいと努力しているようでもありました。

大造じいさんはつよく心をうたれて、ただの鳥にたいしているような気がしませんでした。

残雪は、大造じいさんのおりの中でひと冬をこしました。春になると、その胸のきずもなおり、体力ももとのようになりました。

ある晴れた春の朝でした。

じいさんは、おりのふたをいっぱいにあけてやりました。

残雪はあの長い首をかたむけて、とつぜんにひろがった世界に、おどろいたようでありました。が、

バシッ！

こころよい羽音《はおと》いちばん。一直線に空に飛びあがりました。

らんまんとさいたスモモの花がその羽にふれて、雪のようにきよらかに、はらはらと散りました。

「おーい。ガンの英雄よ。おまえみたいなえらぶつを、おれは、ひきょうなやりかたでやっつけたかあないぞ。なあおい。ことしの冬も、なかまをつれて沼地にやってこいよ。そうしておれたちはまた、どうどうと、たたかおうじゃあないか。」

大造《だいぞう》じいさんは花の下にたって、こう大きな声でガンによびかけました。そして残雪《ざんせつ》が、北へ北へと飛びさっていくのを、ほれぼれとした顔つきで見まもっていました。

いつまでも、いつまでも、見まもっていました。


〈椋鳩十「大造じいさんとガン」『子ども図書館　大造じいさんとガン』〈大日本図書〉より〉

「あのころ」をふりかえる

■椋鳩十《むくはとじゅう》

一九〇五（明治三十八）年～一九八七（昭和六十二）年。長野県生まれ。本名は、久保田彦穂《くぼたひこほ》という。大学生だったときに詩集を出版。大学卒業後、鹿児島県に教員として赴任し、それから小説家として活動を始めた。二十八歳のときから、「椋鳩十」のペンネームを使い始める。彼の作品を代表する動物文学を初めて発表したのは、三十三歳になってからだった。

戦後、鹿児島県立図書館長となり、「母と子の20分間読書運動」を提唱した。これがきっかけとなって、全国に読書運動が広がった。いくつかの作品および全集で、多くの賞を受賞している。代表作の一つ、「マヤの一生」では、赤い鳥文学賞など、三つの賞を受賞している。

かわいそうなぞう

土家由岐雄

上野《うえの》のどうぶつえんは、サクラの花ざかりです。風にちる花。おひさまにかがやいている花。その下にどっと人がおしよせて、こみあっています。

さきほどから、長いはなでラッパをふきならし、まるたわたりのげいとうをつづけているぞうのおりの前も、うごけないほどの人だかりです。

そのにぎやかなひろばから少しはなれたところに、一つの石のおはかがあります。気のつく人は、あまりありませんが、どうぶつえんでしんだどうぶつたちをおまつりした、おはかです。晴れた日は、いつもあたたかそうに、お日さまにてらされています。

ある日、どうぶつえんの人が、そのおはかを、しみじみとなでながら、ぼくに、かなしいぞうのお話を聞かせてくれました。

今、どうぶつえんには、三とうのぞうがいます。ずっと前にも、やはり、三とうのぞうがいました。名まえを、ジョン、トンキー、ワンリーといいました。

そのころ、日本は、アメリカとせんそうをしていました。せんそうがだんだんはげしくなって、東京の町には、朝もばんも、ばくだんが、雨のようにおとされました。そのばくだんが、もしもどうぶつえんにおちたら、どうなることでしょう。おりがこわされて、おそろしいどうぶつたちが、町へあばれでたら、たいへんなことになります。それで、ぐんたいのめいれいで、らいおんも、とらも、ひょうも、くまも、だいじゃも、どくやくをのませて、ころしたのです。

いよいよ三とうのぞうも、ころされることになりました。まず、ジョンからはじめることになりました。

ジョンは、じゃがいもが大すきでした。ですから、どくやくを入れたじゃがいもを、ふつうのじゃがいもにまぜてたべさせました。けれども、りこうなジョンは、どくやくのはいったじゃがいもを、長いはなで口までもっていくのですが、すぐに、ぽんぽんとなげかえしてしまうのです。

しかたなく、どくやくをちゅうしゃすることになりました。馬につかう、とても大きなちゅうしゃのどうぐが、したくされました。

ところが、ぞうのからだは、たいへんかわがあつくて、太いはりは、どれも、ポキポキとおれてしまうのです。しかたなく、たべものをひとつもやらずにいますと、かわいそうに、ジョンは十七日めにしにました。

つづいて、トンキーとワンリーのばんです。この二とうは、いつも、かわいい目をじっとみはった、心のやさしいぞうでした。わたしたちは、この二とうをなんとかしてたすけたいので、遠い仙台《せんだい》のどうぶつえんへ、おくろうと考えました。

けれども、仙台にも、ばくだんがおとされて、町へぞうがあばれでたら、どうなることでしょう。そこで、やはり、上野のどうぶつえんで、ころすことになりました。

まい日、えさをやらない日がつづきました。トンキーもワンリーも、だんだんやせほそって元気がなくなっていきました。そのうちに、げっそりとやせたかおに、あの小さな目が、ゴムまりのようにぐっととびだしてきました。耳ばかりが大きく見える、かなしいすがたにかわりました。

今まで、どのぞうも、じぶんの子どものようにかわいがってきた、ぞうがか

りの人は、

「ああ、かわいそうに。かわいそうに。」

と、おりの前をいったりきたりして、うろうろするばかりでした。

ある日、トンキーとワンリーが、ひょろひょろと、からだをおこして、ぞうがかりのまえにすすみでてきました。おたがいに、ぐったりとしたからだを、せなかでもたれあって、げいとうをはじめたのです。

後ろ足で立ちあがりました。前足をあげておりまげました。はなを高く高くあげて、ばんざいをしました。しなびきった、からだじゅうの力をふりしぼって、よろけながらいっしょうけんめいです。げいとうをすれば、もとのように、えさがもらえると思ったのでしょう。ぞうがかりの人は、もうがまんできません。

「ああ、ワンリーや、トンキーや。」

と、なき声をあげて、えさのあるこやへとびこみました。走って、水をはこんできました。えさをかかえてきて、ぞうの足もとへぶちまけました。

「さあ、たべろ、たべろ。のんでくれ。のんでおくれ。」

と、ぞうの足にだきすがりました。

わたしたちは、みんなだまって、見ないふりをしていました。えんちょうさんも、くちびるをかみしめて、じっと、つくえの上ばかりみつめていました。ぞうに、えさをやってはいけないのです。水をのませては、ならないのです。けれども、こうして、一日でも長く生かしておけば、せんそうもおわって、たすかるのではないかと、どの人も、心の中でかみさまにいのっていました。

けれども、トンキーもワンリーも、ついにうごけなくなってしまいました。じっと、からだをよこにしたまま、ますますうつくしくすんでくる目で、どうぶつえんの空にながれる雲を見つめているのが、やっとでした。

こうなると、ぞうがかりの人は、もう、むねがはりさけるほど、つらくなって、ぞうを見にいく元気がありません。ほかの人たちも、くるしくなって、ぞうのおりから遠くはなれていました。

ついに、ワンリーもトンキーもしにました。てつのおりにもたれ、はなを長くのばして、ばんざいのげいとうをしたまま、しんでしまいました。

「ぞうがしんだ。ぞうがしんだ。」

ぞうがかりの人が、さけびながら、じむしょにとびこんできました。げんこつで、つくえをたたいて、なきふしました。

わたしたちは、ぞうのおりにかけつけました。どっと、おりの中へころがりこんで、やせたぞうのからだに、すがりつきました。ぞうのあたまを、ゆすぶりました。足やはなをなでまわしました。みんな、おいおいと、声をあげてなきだしました。

その上を、またも、ばくだんをつんだてきのひこうきが、ゴーゴーと、東京の空にせめよせてきました。

どの人も、ぞうにだきついたまま、

「せんそうをやめろ！　せんそうをやめてくれ！　やめてくれ！」

と、心の中でさけびました。

あとでしらべますと、たらいぐらいもある大きないぶくろには、一しずくの水さえも、はいっていなかったのです。

――その三とうのぞうも、今は、このおはかの下に、しずかにねむっているのです。

どうぶつえんの人は、目をうるませて、話しおわりました。そして、ふぶきのようにサクラの花びらがちってくる、石のおはかをじっと見つめて、なでていました。

（土家由岐雄「かわいそうなぞう」『フォア文庫　かわいそうなぞう』〈金の星社〉より）

「あのころ」をふりかえる

■土家由岐雄《つちやゆきお》

一九〇四（明治三十七）年～一九九九（平成十一）年。東京生まれ。

一九五二年に、「三びきのねこ」が、第一回の小学館児童出版文化賞を受賞。

一九七一年には、自伝的な長編である「東京っ子物語」が、野間《のま》児童文芸賞を受賞。また、児童を対象にした「童句《どうく》」の創始者でもある。

「かわいそうなぞう」は、ノンフィクションの童話である。小学二年生の教科書に採録された。授業では、次のような指導が行われた。

・それぞれの場面で、動物園の人たちはどんな気持ちだったのかを考える。

・心に強く残ったことについて話し合う。

・登場人物（動物園の人や、象）にあてて、手紙を書く。

やまなし

宮沢賢治

小さな谷川の底を写した二枚の青い幻灯です。

一、五月

二疋《ひき》の蟹《かに》の子供らが青じろい水の底で話していました。

『クラムボンはわらったよ。』

『クラムボンはかぷかぷわらったよ。』

『クラムボンは跳ねてわらったよ。』

『クラムボンはかぷかぷわらったよ。』

上の方や横の方は、青くらくらく鋼《はがね》のように見えます。そのなめらかな天井を、

つぶつぶ暗い泡が流れて行きます。

『クラムボンはわらっていたよ。』

『クラムボンはかぷかぷわらったよ。』

『それならなぜクラムボンはわらったの。』

『知らない。』

つぶつぶ泡が流れて行きます。蟹の子供らもぽっぽっぽっとつづけて五、六粒泡を吐きました。それはゆれながら水銀のように光って斜めに上の方へのぼって行きました。

つうと銀のいろの腹をひるがえして、一疋の魚が頭の上を過ぎて行きました。

『クラムボンは死んだよ。』

『クラムボンは殺されたよ。』

『クラムボンは死んでしまったよ………。』

『殺されたよ。』

『それならなぜ殺された。』兄さんの蟹は、その右側の四本の脚の中の二本を、弟の平べったい頭にのせながら云《い》いました。

『わからない。』

魚がまたツウと戻って下流《しも》の方へ行《ゆ》きました。

『クラムボンはわらったよ。』

『わらった。』

にわかにパッと明るくなり、日光の黄金《きん》は夢のように水の中に降って来ました。

波から来る光の網が、底の白い磐《いわ》の上で美しくゆらゆらのびたりちぢんだりしました。泡や小さなごみからはまっすぐな影の棒が、斜めに水の中に並んで立ちました。

魚がこんどはそこら中《じゅう》の黄金《きん》の光をまるっきりくちゃくちゃにしておまけに自分は鉄いろに変に底びかりして、又上流《かみ》の方へのぼりました。

『お魚はなぜああ行ったり来たりするの。』

弟の蟹《かに》がまぶしそうに眼《め》を動かしながらたずねました。

『何か悪いことをしてるんだよとってるんだよ。』

『とってるの。』

『うん。』

そのお魚がまた上流《かみ》から戻って来ました。今度はゆっくり落ちついて、ひれも尾も動かさずただ水にだけ流されながらお口を環《わ》のように円くしてやって来ました。その影は黒くしずかに底の光の網の上をすべりました。

『お魚は……。』

その時です。俄《にわ》かに天井に白い泡がたって、青びかりのまるでぎらぎらする鉄砲弾《てっぽうだま》のようなものが、いきなり飛び込んで来ました。

兄さんの蟹ははっきりとその青いもののさきがコンパスのように黒く尖《とが》っているのも見ました。と思ううちに、魚の白い腹がぎらっと光って一ぺんひるがえり、上の方へのぼったようでしたが、それっきりもう青いものも魚のかたちも見えず光の黄金《きん》の網はゆらゆらゆれ、泡はつぶつぶ流れました。

二疋《ひき》はまるで声も出ず居すくまってしまいました。

お父さんの蟹が出て来ました。

『どうしたい。ぶるぶるふるえているじゃないか。』

『お父さん、いまおかしなものが来たよ。』

『どんなもんだ。』

『青くてね、光るんだよ。はじがこんなに黒く尖《とが》ってるの。それが来たらお魚が上へのぼって行ったよ。』

『そいつの眼《め》が赤かったかい。』

『わからない。』

『ふうん。しかし、そいつは鳥だよ。かわせみと云《い》うんだ。大丈夫だ、安心しろ。おれたちはかまわないんだから。』

『お父さん、お魚はどこへ行ったの。』

『魚かい。魚はこわい所へ行った』

『こわいよ、お父さん。』

『いいいい、大丈夫だ。心配するな。そら、樺《かば》の花が流れて来た。ごらん　きれいだろう。』

　泡と一諸《いっしょ》に、白い樺の花びらが天井をたくさんすべって来ました。

『こわいよ、お父さん。』弟の蟹《かに》も云いました。

光の網はゆらゆら、のびたりちぢんだり、花びらの影はしずかに砂をすべりました。

二、十二月

蟹の子供らはもうよほど大きくなり、底の景色も夏から秋の間にすっかり変わりました。

白い柔らかな円石《まるいし》もころがって来《き》小さな錐《きり》の形の水晶の粒や、金雲母《きんうんも》のかけらもながれて来てとまりました。

そのつめたい水の底まで、ラムネの瓶の月光がいっぱいに透《す》きとおり天井では波が青じろい火を、燃やしたり消したりしているよう、あたりはしんとして、ただいかにも遠くからというように、その波の音がひびいて来るだけです。

蟹の子供らは、あんまり月が明るく水がきれいなので睡《ねむ》らないで外に出て、しばらくだまって泡をはいて天井の方を見ていました。

『やっぱり僕の泡は大きいね。』

『兄さん、わざと大きく吐いてるんだい。僕だってわざとならもっと大きく吐けるよ。』

『吐いてごらん。おや、たったそれきりだろう。いいかい、兄さんが吐くから見ておいで。そら、ね、大きいだろう。』

『大きかないや、おんなじだい。』

『近くだから自分のが大きく見えるんだよ。そんなら一諸《いっしょ》に吐いてみよう。いいかい、そら。』

『やっぱり僕の方大きいよ。』

『本統《ほんとう》かい。じゃ、も一つはくよ。』

『だめだい、そんなにのびあがっては。』

またお父さんの蟹《かに》が出て来ました。

『もうねろねろ。遅いぞ、あしたイサドへ連れて行かんぞ。』

『お父さん、僕たちの泡どっち大きいの』

『それは兄さんの方だろう』

『そうじゃないよ、僕の方大きいんだよ』弟の蟹は泣きそうになりました。

そのとき、トブン。

黒い円い大きなものが、天井から落ちてずうっとしずんで又上へのぼって行きました。キラキラッと黄金《きん》のぶちがひかりました。

『かわせみだ』子供らの蟹は頸《くび》をすくめて云《い》いました。

お父さんの蟹は、遠《とお》めがねのような両方の眼《め》をあらん限り延ばして、よくよく見てから云いました。

『そうじゃない、あれはやまなしだ、流れて行くぞ、ついて行って見よう、ああいい匂いだな』

なるほど、そこらの月あかりの水の中は、やまなしのいい匂いでいっぱいでした。

三疋《びき》はぼかぼか流れて行くやまなしのあとを追いました。

その横あるきと、底の黒い三つの影法師《かげぼうし》が、合わせて六つ踊るようにして、山なしの円い影を追いました。

間もなく水はサラサラ鳴り、天井の波はいよいよ青い焔《ほのお》をあげ、やまなしは横になって木の枝にひっかかってとまり、その上には月光の虹がもかもか集まりました。

『どうだ、やっぱりやまなしだよ　よく熟している、いい匂いだろう。』

『おいしそうだね、お父さん』

『待て待て、もう二日ばかり待つとね、こいつは下へ沈んで来る、それからひとりでにおいしいお酒ができるから、さあ、もう帰って寝よう、おいで』

親子の蟹《かに》は三疋《びき》自分等《ら》の穴に帰って行きます。

波はいよいよ青じろい焔をゆらゆらとあげました、それは又金剛石《こんごうせき》の粉をはいているようでした。

＊

私の幻灯はこれでおしまいであります。

（宮沢賢治「やまなし」『校本 宮澤賢治全集 第十一巻』〈筑摩書房〉より）
※原文の旧字体・旧かなづかい・送りがなは、現代のものに改めました。

「あのころ」をふりかえる

□注文の多い料理店

宮沢賢治《みやざわけんじ》の生前に出版された唯一の童話集『注文の多い料理店』の、表題作である。小学五年生の教科書に採録された。授業では、物語のおもしろい部分を話し合わせたり、物語の情景や人物の心情を想像しながら朗読させたりといった指導が行われた。

□やまなし

賢治の生前、『岩手毎日新聞』に掲載された童話である。小学六年生の教科書に採録された。授業では、「クラムボンはかぷかぷわらったよ」「月光の虹がもかもか集まりました」といった表現から、どのような情景が想像できるか考えさせるなどの指導が行われた。「クラムボン」は賢治の造語で、それが何か、作者は明示していない。「かにの吐く泡」など、いくつかの解釈がある。

モチモチの木

斎藤隆介

おくびょう豆太《まめた》

まったく、豆太ほどおくびょうなやつはない。もう五《いっ》つにもなったんだから、夜中にひとりでセッチンぐらいにいけたっていい。

ところが豆太は、セッチンはおもてにあるし、おもてには大きなモチモチの木が突《つ》っ立っていて、空いっぱいのかみの毛をバサバサとふるって、両手を「ワアッ！」とあげるからって、夜中には、爺《じ》さまについてってもらわないと、ひとりじゃ小便もできないのだ。

爺さまは、グッスリねむっている真夜中に、豆太が「ジサマァ」って、どんなにちいさい声でいっても、「しょんべんか」と、すぐ目をさましてくれる。いっしょに寝ている一まいしかないふとんを、濡《ぬ》らされちまうよりいいからなァ。

それに峠のりょうし小屋に、自分とたったふたりでくらしている豆太がかわいそうで、かわいかったからだろう。

けれど豆太のお父《と》ゥだって、クマとくみうちして、あたまをブッさかれて死んだほどのキモ助《すけ》だったし、爺さまだって六十四のいま、まだ青《あお》ジシをおっかけて、キモをひやすような岩から岩へのとびうつりだって、みごとにやってのける。

それなのに、どうして豆太だけが、女《おな》ゴみたいに色ばっかりナマッ白《ちろ》くて、こんなにおくびょうなんだろうか——。

ヤイ木ィ！

モチモチの木ってのはな、豆太がつけたなまえだ。小屋のすぐまえに立っているデッカイデッカイ木だ。

秋になると、茶色いピカピカひかった実をいっぱいふりおとしてくれる。その実を爺さまが木ウスでついて、石ウスでひいて、こなにする。こなにしたやつをもちにこねあげて、ふかして食べると、ホッペタがおっこちるほどうまいんだ。

「ヤイ木ィ、モチモチの木ィ！　実ィオトセェ！」

なんて、ひるまは木の下に立って、かた足で足ぶみして、いばってサイソクしたりするくせに、夜になると豆太《まめた》は、もうダメなんだ。木がおこって、両手で、「オバケエ〜〜〜〜！」って、上からおどかすんだ。夜のモチモチの木は、そっちを見ただけで、もうションベンなんか出なくなっちまう。

爺《じ》さまが、しゃがんだヒザの中に豆太をかかえて、

「ああ、いい夜だ。星に手がとどきそうだ。奥山じゃア、シカやクマめらが、ハナぢょうちんだして、ねっこけてやがるべ、それ、シイーッ」

っていってくれなきゃ、とっても出やしない。しないでねると、あしたの朝、とこの中がコウ水《ずい》になっちまうもんだから、爺さまはかならず、そうしてくれるんだ。五つになって「シー」なんて、みっともないやなァ。

でも豆太は、そうしなくっちゃダメなんだ。

霜月二十日《しもつきはつか》のばん

そのモチモチの木に、こんやは灯《ひ》がともる晩なんだそうだ。爺さまがいった。

「シモ月《つき》のハツカのウシミツにゃア、モチモチの木に灯がともる。おきてて見てみろ、そりゃアキレイだ。おらも、こどものころに見たことがある。死んだおまえのお父《と》ゥも見たそうだ。山の神様のおまつりなんだ、それは、ひとりのこどもしか見ることはできねえ、それも勇気のあるこどもだけだ」

「……ソレジャアオラハ、トッテモダメダ……」

豆太は、ちっちゃい声で、泣きそうにいった。だって、爺さまも、お父ゥも見たんなら、自分も見たかったけど、こんな冬の真夜中に、モチモチの木を、それもたったひとりで見にでるなんて、トンデモネエはなしだ。ブルブルだ。

木の枝々のこまかいところにまで、みんな灯がともって、木があかるくボウーッとかがやいて、まるでそれは、ゆめみてえにキレイなんだそうだが、そして豆太は、

――ヒルマ、ダッタラ、見テエナァ……

と、ソッと思ったんだが、ブルブル、夜なんてかんがえただけでも、オシッコをもらしちまいそうだ……。

豆太《まめた》は、はじめっからあきらめて、ふとんにもぐりこむと、爺《じ》さまのタバコくさい胸ンなかにハナをおしつけて、宵《よい》のくちからねてしまった。

豆太は見た

豆太は真夜中に、ヒョッと目をさました。あたまの上でクマのうなり声がきこえたからだ。

「ジサマァッ〜〜〜〜〜！」

むちゅうで爺さまにシガミつこうとしたが、爺さまはいない。

「マ、豆太、しんぺェすんな、爺さまは、爺さまは、ちょっと、腹がイテエだけだ」

まくらもとで、クマみたいにからだを丸めてうなっていたのは、爺さまだった。

「ジサマッ！」

こわくて、びっくらして、豆太は爺さまにとびついた。けれども爺さまは、コロリとタタミにころげると、歯をくいしばって、ますますスゴクうなるだけだ。

——イシャサマオ、ヨバナクッチャ！

豆太は小犬みたいにからだをまるめて、表戸《おもてど》をからだでフッとばしてはしりだした。

ねまきのまんま。ハダシで。半《はん》ミチもあるふもとの村まで……。

外はすごい星で、月も出ていた。峠のくだりの坂道は、いちめんのまっ白い霜で、雪みたいだった。霜が足にかみついた。足からは血がでた。豆太は泣き泣き走った。いたくて、さむくて、こわかったからなァ。

でも、だいすきな爺さまの死んじまうほうが、もっとこわかったから、泣き泣きふもとの医者様へはしった。

これもとしより爺さまの医者様は、豆太からわけをきくと、

「オゥオゥ……」

といって、ねんねこバンテンに薬箱と豆太をおぶうと、真夜中の峠道を、エッ

チラ、オッチラ、爺《じ》さまの小屋へのぼってきた。

とちゅうで、月がでてるのに雪がふりはじめた。この冬はじめての雪だ。豆《まめ》太《た》は、そいつをねんねこの中から見た。

そして医者様の腰を、足でドンドンけとばした。爺さまが、なんだか、死んじまいそうな気がしたからな。

豆太は小屋へはいるとき、もうひとつふしぎなものを見た。

「モチモチの木に、灯《ひ》がついている！」

けれど、医者様は、

「ア？　ほんとだ。まるで灯がついたようだ。だどもあれは、トチの木のうしろに、ちょうど月が出てきて、枝のあいだに星が光ってるんだ。そこに雪がふってるから、あかりがついたように見えるんだべ」

といって、小屋の中へはいってしまった。だから、豆太は、そのあとは知らない。医者様のてつだいをして、カマドにマキをくべたり、湯をわかしたりなんだり、いそがしかったからな。

よわむしでも、やさしけりゃ
でも、つぎの朝、はらイタがなおって、げんきになった爺さまは、医者様のかえったあとで、こういった。

「おまえは、山の神様のまつりを見たんだ。モチモチの木には、灯がついたんだ。おまえはひとりで夜道を医者様よびにいけるほど勇気のあるこどもだったんだからな。自分で自分をよわむしだなんて思うな。にんげん、やさしささえあれば、やらなきゃならねえことは、キッとやるもんだ。それを見て他人がびっくらするわけよ。ハハハ」

——それでも豆太は、爺さまがげんきになると、その晩から、

「ジサマァ」

と、ションベンに爺さまをおこしたとサ。

〈斎藤隆介「モチモチの木」『斎藤隆介全集1　八郎・モチモチの木』〈岩崎書店〉より〉

「あのころ」をふりかえる

■斎藤隆介《さいとうりゅうすけ》

一九一七（大正六）年〜一九八五（昭和六十）年。東京生まれ。新聞記者として働くかたわら、著作も行った。短編童話集『ベロ出しチョンマ』で小学館文学賞、童話『天《てん》の赤馬《あかうま》』で日本児童文学者協会賞、童話『ソメコとオニ』で絵本にっぽん賞を受賞している。

作品には、秋田の方言を使った民話ふうの創作童話が多い。そんな作品の一つである「モチモチの木」は、小学三年生の教科書に採録された。授業では、次のような指導が行われた。

・作品の語り手が、豆太《まめた》についてどう思っているかに注意しながら、それぞれの場面を朗読する。
・作品の、好きな部分を朗読する。
・朗読を聞いている側は、その部分をノートに書く。

手袋を買いに

新美南吉

寒い冬が北方から、狐《きつね》の親子の棲《す》んでいる森へもやって来ました。

ある朝洞穴《ほらあな》から子供の狐が出ようとしましたが、

「あっ。」と叫んで眼《め》を抑《おさ》えながら母《かあ》さん狐《ぎつね》のところへころげて来ました。

「母ちゃん、眼に何か刺さった、ぬいて頂戴《ちょうだい》早く早く。」と言いました。

母さん狐がびっくりして、あわてふためきながら、眼を抑えている子供の手を恐る恐るとりのけて見ましたが、何も刺さってはいませんでした。母さん狐は洞穴の入り口から外へ出て始めてわけが解《わか》りました。昨夜のうちに、真白《ましろ》な雪がどっさり降ったのです。その雪の上からお陽《ひ》さまがキラキラと照らしていたので、雪は眩《まぶ》しいほど反射していたのです。雪を知らなかった子供の狐は、あまり強い反射をうけたので、眼に何か刺さったと思ったのでした。

子供の狐は遊びに行きました。真綿のように柔らかい雪の上を駈《か》け廻《まわ》ると、雪の粉《こ》が、しぶきのように飛び散って小さい虹がすっと映るのでした。

するると突然、うしろで、

「どたどた、ざーっ」と物凄《ものすご》い音がして、パン粉のような粉雪が、ふわーっと子狐《こぎつね》におっかぶさって来ました。子狐はびっくりして、雪の中にころがるようにして十米《メートル》も向こうへ逃げました。何だろうと思ってふり返って見ましたが何もいませんでした。それは樅《もみ》の枝から雪がなだれ落ちたのでした。まだ枝と枝の間から白い絹糸のように雪がこぼれていました。

間もなく洞穴へ帰って来た子狐は、

「お母ちゃん、お手々が冷たい、お手々がちんちんする。」と言って、濡《ぬ》れて牡丹色《ぼたんいろ》になった両手を母さん狐の前にさしだしました。母さん狐は、その手に、は——っと息をふっかけて、ぬくとい母さんの手でやんわり包んでやりながら、

「もうすぐ暖かくなるよ、雪をさわると、すぐ暖かくなるもんだよ。」

と云《い》いましたが、かあいい坊《ぼう》やの手に霜焼けができてはかわいそうだから、夜になったら、町まで行って、坊やのお手々にあうような毛糸の手袋を買ってやろうと思いました。

暗い暗い夜が風呂敷《ふろしき》のような影をひろげて野原や森を包みにやって来ましたが、雪はあまり白いので、包んでも包んでも白く浮かびあがっていました。

親子の銀狐《ぎんぎつね》は洞穴《ほらあな》から出ました。子供の方はお母さんのお腹《なか》の下へはいりこんで、そこからまんまるな眼《め》をぱちぱちさせながら、あっちやこっちを見ながら歩いて行きました。

やがて、行《ゆ》く手《て》にぽっつりあかりが一つ見え始めました。それを子供の狐が見つけて、

「母ちゃん、お星さまは、あんな低いところにも落ちてるのねえ。」とききました。

「あれはお星さまじゃないのよ。」と言って、その時母さん狐の足はすくんでしまいました。

「あれは町の灯《ひ》なんだよ。」

その町の灯を見た時、母さん狐は、ある時町へお友達と出かけて行って、とんだめにあったことを思い出しました。およしなさいって云うのもきかないで、お友達の狐が、ある家の家鴨《あひる》を盗もうとしたので、お百姓《ひゃくしょう》に見つかって、さんざ追いまくられて、命からがら逃げたことでした。

「母ちゃん何してんの、早く行こうよ。」と子供の狐がお腹の下から言うのでしたが、母さん狐はどうしても足がすすまないのでした。そこで、しかたがないので、坊やだけを一人《ひとり》で町まで行かせることになりました。

「坊やお手々を片方お出し」とお母さん狐が云いました。その手を、母さん狐はしばらく握っている間に、可愛《かわい》い人間の子供の手にしてしまいました。坊やの狐はその手をひろげたり握ったり、抓《つね》って見たり、嗅《か》いで見たりしました。

「何だか変だな母ちゃん、これなあに?」と言って、雪あかりに、又その、人間の手に変えられてしまった自分の手をしげしげと見つめました。

「それは人間の手よ。いいかい坊や、町へ行ったらね、たくさん人間の家があるからね、まず表に円《まる》いシャッポの看板のかかっている家を探すんだよ。それが見つかったらね、トントンと戸を叩《たた》いて、今晩はって言うんだよ。そうするとね、中から人間が、すこうし戸をあけるからね、その戸の隙間から、こっちの手、ほらこの人間の手をさし入れてね、この手にちょうどいい手袋頂戴《ちょうだい》って言うんだよ、わかったね、決して、こっちのお手々を出しちゃ駄目《だめ》よ。」と母さん狐は言いきかせました。

「どうして?」と坊やの狐はききかえしました。

「人間はね、相手が狐だと解《わか》ると、手袋を売ってくれないんだよ、それどころか、摑《つか》まえて檻《おり》の中へ入れちゃうんだよ、人間ってほんとに恐《こわ》いものなんだよ。」

「ふーん。」

「決して、こっちの手を出しちゃいけないよ、こっちの方、ほら人間の手の方をさしだすんだよ。」と言って、母さんの狐は、持って来た二つの白銅貨《はくどうか》を、人間の手の方へ握らせてやりました。

子供の狐は、町の灯《ひ》を目あてに、雪あかりの野原をよちよちやって行きました。始めのうちは一つきりだった灯が二つになり三つになり、はては十にもふえました。狐の子供はそれを見て、灯には、星と同じように、赤いのや黄いのや青いのがあるんだなと思いました。やがて町にはいりましたが通りの家々はもうみんな戸を閉めてしまって、高い窓から暖かそうな光が、道の雪の上に落ちているばかりでした。

けれど表の看板の上には大《たい》てい小さな電灯がともっていましたので、狐の子は、それを見ながら、帽子屋を探して行きました。自転車の看板や、眼鏡《めがね》の看板やその他いろんな看板が、あるものは、新しいペンキで画《えが》かれ、あるものは、古い壁のようにはげていましたが、町に始めて出て来た子狐にはそれらのものがいったい何であるか分からないのでした。

とうとう帽子屋がみつかりました。お母さんが道々よく教えてくれた、黒い大きなシルクハットの帽子の看板が、青い電灯に照らされてかかっていました。

子狐は教えられた通り、トントンと戸を叩《たた》きました。

「今晩は。」

すると、中では何かことこと音がしていましたがやがて、戸が一寸ほどゴロリとあいて、光の帯が道の白い雪の上に長く伸びました。

子狐はその光がまばゆかったので、めんくらって、まちがった方の手を、――お母さまが出しちゃいけないと言ってよく聞かせた方の手をすきまからさしこんでしまいました。

「このお手々にちょうどいい手袋下さい。」

すると帽子屋さんは、おやおやと思いました。狐の手です。狐の手が手袋をくれと言うのです。これはきっと木《こ》の葉《は》で買いに来たんだなと思いました。そこで、

「先にお金を下さい。」と言いました。子狐はすなおに、握って来た白銅貨を二つ帽子屋さんに渡しました。帽子屋さんはそれを人差し指のさきにのっけて、カチ合わせて見ると、チンチンとよい音がしましたので、これは木の葉じゃない、ほんとのお金だと思いましたので、棚から子供用の毛糸の手袋をとり出して来て子狐の手に持たせてやりました。子狐は、お礼を言って又、もと来た道

を帰り始めました。
「お母さんは、人間は恐ろしいものだって仰有《おっしゃ》ったがちっとも恐ろしくないや。だって僕の手を見てもどうもしなかったもの。」と思いました。けれど子狐はいったい人間なんてどんなものか見たいと思いました。
ある窓の下を通りかかると、人間の声がしていました。何と云《い》うやさしい、何と云う美しい、何と言うおっとりした声なんでしょう。
「ねむれ　ねむれ
母の胸に、
ねむれ　ねむれ
母の手に――」
子狐はその唄声《うたごえ》は、きっと人間のお母さんの声にちがいないと思いました。だって、子狐が眠る時にも、やっぱり母さん狐は、あんなやさしい声でゆすぶってくれるからです。
するとこんどは、子供の声がしました。

「母ちゃん、こんな寒い夜は、森の子狐は寒い寒いって啼《な》いてるでしょうね。」

するとお母さんの声が、

「森の子狐もお母さん狐のお唄をきいて、洞穴《ほらあな》の中で眠ろうとしているでしょうね。さあ坊やも早くねんねしなさい。森の子狐と坊やとどっちが早くねんねするか、きっと坊やの方が早くねんねしますよ。」

それをきくと子狐は急にお母さんが恋しくなって、お母さん狐の待っている方へ跳んで行きました。

お母さん狐は、心配しながら、坊やの狐の帰って来るのを、今か今かとふるえながら待っていましたので、坊やが来ると、暖かい胸に抱きしめて泣きたいほどよろこびました。

二匹の狐は森の方へ帰って行きました。月が出たので、狐の毛なみが銀色に光り、その足あとには、コバルトの影がたまりました。

「母ちゃん、人間ってちっとも恐《こわ》かないや。」

「どうして？」

「坊、間違えてほんとうのお手々出しちゃったの。でも帽子屋さん、摑《つか》まえやしなかったもの。ちゃんとこんないい暖かい手袋くれたもの。」

と言って手袋のはまった両手をパンパンやって見せました。お母さん狐は、

「まあ！」とあきれましたが、「ほんとうに人間はいいものかしら。ほんとうに人間はいいものかしら。」とつぶやきました。

（新美南吉「手袋を買いに」『校定 新美南吉全集 第二巻』〈大日本図書〉より）

※原文の旧字体・旧かなづかい・送りがなは、現代のものに改めました。

「あのころ」をふりかえる

□ごん狐《ぎつね》

新美南吉《にいみなんきち》の十八歳のときの作品であり、『赤い鳥』に掲載された。全ての教科書会社の、小学四年生の教科書に採録された。その意味でも、「ごん狐」は国民的な童話といえる。授業では、それぞれの場面ごとに、ごんや兵十《ひょうじゅう》の気持ちを想像させるといった指導が行われた。

□手袋を買いに

南吉の二十歳のときの作品だが、発表されたのは、南吉の死後に刊行された童話集『牛をつないだ椿《つばき》の木』の中である。小学三年生の教科書に採録された。授業で行われた指導は、次のようなもの。

・場面の移り変わりに即して、登場人物の気持ちを考えながら朗読する。
・最後の場面について感想を書いたり、話し合ったりする。

百羽《ひゃっぱ》のツル

花岡大学

つめたい月の光で、こうこうとあかるい、夜ふけのひろい空でした。

そこへ、北のほうから、まっ白なはねを、ひわひわとならしながら、百羽《ひゃっぱ》のツルが、とんできました。

百羽のツルは、みんな、おなじはやさで、白いはねを、ひわひわと、うごかしていました。くびをのばして、ゆっくりゆっくりと、とんでいるのは、つかれているからでした。

なにせ、北のはての、さびしいこおりの国から、ひるも夜も、やすみなしに、とびつづけてきたのです。

だが、ここまでくれば、ゆくさきは、もうすぐでした。

たのしんで、まちにまっていた、きれいなみずうみのほとりへ、つくことができるのです。

「下をごらん、山脈だよ。」

と、せんとうの大きなツルが、うれしそうに、いいました。

みんなは、いっときに、下を見ました。

くろぐろと、いちめんの大森林です。

雪をかむった、たかいみねだけが、月の光をはねかえして、はがねのように、光っていました。

「もう、あとひといきだ。みんな、がんばれよ。」

百羽のツルは、目を、キロキロと光らせながら、つかれたはねに、ちからをこめて、しびれるほどつめたい、夜の空気をたたきました。

それで、とびかたは、いままでよりも、すこしだけ、はやくなりました。

もう、あとが、しれているからです。

のこりのちからを、だしきって、ちょっとでもはやく、みずうみへつきたいのでした。

するとそのとき、いちばんうしろからとんでいた、小さな子どものツルが、下へ下へと、おちはじめました。

子どものツルは、みんなに、ないしょにしていましたが、びょうきだったのです。

ここまでついてくるのも、やっとでした。

みんなが、すこしばかりはやくとびはじめたので、子どものツルは、ついていこうとして、しにものぐるいで、とびました。

それが、いけなかったのです。

あっというまに、はねが、うごかなくなってしまい、すいこまれるように、下へおちはじめました。

だが、子どものツルは、みんなに、たすけをもとめようとは、おもいませんでした。

もうすぐだと、よろこんでいる、みんなのよろこびを、こわしたくなかったからです。

だまって、ぐいぐいとおちながら、小さなツルは、やがて、気をうしなってしまいました。

子どものツルのおちるのをみつけて、そのすぐまえをとんでいたツルが、するどくなきました。

すると、たちまち、たいへんなことがおこりました。まえをとんでいた、九十九羽のツルが、いっときに、さっと、下へ下へとおちはじめたのです。

子どものツルよりも、もっとはやく、月の光をつらぬいてとぶ、ぎんいろの矢のようにはやく、おちました。

そして、おちていく子どものツルを、おいぬくと、くろぐろとつづく、大森林のま上あたりで、九十九羽のツルは、さっとはねをくんで、いちまいの白いあみとなったのでした。

すばらしい九十九羽のツルのきよくげいは、みごとに、あみの上に、子どものツルをうけとめると、そのまま空へ、まいあがりました。

気をうしなった、子どものツルを、ながい足でかかえた、せんとうのつるは、なにごともなかったように、みんなに、いいました。

「さあ、もとのようにならんで、とんでいこう。もうすぐだ。がんばれよ。」

こうこうとあかるい、夜ふけの空を、百羽のツルは、まっ白なはねをそろえて、ひわひわと、空のかなたへ、しだいに小さくきえていきました。

（花岡大学「百羽のツル」『童話集 百羽のツル』〈実業之日本社〉より）

「あのころ」をふりかえる

■花岡大学《はなおかだいがく》

一九〇九（明治四十二）年～一九八八（昭和六十三）年。

奈良県にある浄迎寺《じょうこう》の住職だった父の跡を継ぎ、住職を務めるかたわら、作品の執筆を行った。一九六一年には『かたすみの満月』で第三回の小川未明《おがわみめい》文学奨励賞を、一九六二年には『ゆうやけ学校』で第十一回の小学館文学賞を受賞。仏教をテーマにした童話作品を、数多く著した。

「百羽《ひゃっぱ》のツル」は、小学三年生の教科書に採録された。授業では、次のような指導が行われた。

・「百羽のツル」という題名について、話し合わせる。
・助けを求めようとしなかった、子どものツルの心情を想像させる。
・九十九羽のツルの心情と行動について、感じたこと、考えたことを発表させる。

野《の》ばら

小川未明

大きな国と、それよりすこし小さな国とがとなりあっていました。当座、その二つの国のあいだには、なにごともおこらず平和でありました。

ここは都から遠い、国境《こっきょう》であります。そこには両方の国から、ただひとりずつの兵隊が派遣されて、国境をさだめた石碑をまもっていました。大きな国の兵士は老人でありました。そうして、小さな国の兵士は青年でありました。

ふたりは、石碑の建っている右と左に番をしていました。いたってさびしい山でありました。そして、まれにしかそのへんを旅する人かげは見られなかったのです。

はじめ、たがいに顔を知りあわないあいだは、ふたりは敵か味方かというような感じがして、ろくろくものもいいませんでしたけれど、いつしかふたりはなかよしになってしまいました。ふたりは、ほかに話をする相手もなく、たいくつであったからであります。そして、春の日は長く、うららかに、頭の上に照りかがやいているからでありました。

ちょうど、国境のところには、だれが植えたということもなく、一株の野ばらがしげっていました。その花には、朝早くから蜜ばちが飛んできて集まっていました。そのこころよい羽音《はおと》が、まだふたりの眠っているうちから、夢ごこちに耳に聞こえました。

「どれ、もう起きようか。あんなに蜜ばちがきている。」

と、ふたりは申しあわせたように起きました。そして外へ出ると、はたして、太陽は木のこずえの上に元気よくかがやいていました。

ふたりは、岩間からわき出る清水《しみず》で口をすすぎ、顔をあらいにまいりますと、顔をあわせました。

「やあ、おはよう。いい天気です。天気でございますな。」

「ほんとうにいい天気です。天気がいいと、気持ちがせいせいします。」

ふたりは、そこでこんな立ち話をしました。たがいに頭をあげて、あたりのけしきをながめました。毎日見ているけしきでも、新しい感じを見るたびに心にあたえるものです。

青年はさいしょ将棋の歩《あゆ》みかたを知りませんでした。けれど老人について、それを教わりましてから、このごろはのどかな昼ごろには、ふたりは毎日むかいあって将棋をさしていました。

はじめのうちは、老人のほうがずっと強くて、駒《こま》を落としてさしていましたが、しまいにはあたりまえにさして、老人が負かされることもありました。

この青年も、老人も、いたっていい人々でありました。ふたりともしょうじきで、しんせつでありました。ふたりはいっしょうけんめいで、将棋盤の上であらそっても、心はうちとけていました。

「やあ、これはおれの負けかいな。こう逃げつづけては、くるしくてかなわない。ほんとうの戦争だったら、どんなだかしれん。」

と、老人はいって、大きな口をあけて笑いました。

青年は、また勝ちみがあるのでうれしそうな顔つきをして、いっしょうけんめいに目をかがやかしながら、相手の王さまを追っていました。

小鳥はこずえの上で、おもしろそうにうたっていました。白いばらの花からは、よいかおりを送ってきました。

冬は、やはりその国にもあったのです。寒くなると老人は、南のほうをこいしがりました。

そのほうには、せがれや、孫が住んでいました。

「早く、ひまをもらって帰りたいものだ。」

と、老人はいいました。

「あなたがお帰りになれば、知らぬ人がかわりにくるでしょう。やはりしんせつな、やさしい人ならいいが、敵、味方というような考えを持った人だとこまります。どうか、もうしばらくいてください。そのうちには、春がきます。」

と、青年はいいました。

やがて冬がさって、また春となりました。ちょうどそのころ、この二つの国は、なにかの利益問題から、戦争をはじめました。そうしますと、これまで毎日、なかむつまじく、暮らしていたふたりは、敵、味方のあいだがらになったのです。それがいかにも、ふしぎなことに思われました。

「さあ、おまえさんと私はきょうからかたきどうしになったのだ。私はこんなに老いぼれていても少佐だから、私の首を持っていけば、あなたは出世ができる。だから殺してください。」

と、老人はいいました。

これを聞くと、青年は、あきれた顔をして、

「なにをいわれますか。どうして私とあなたとがかたきどうしでしょう。私の敵は、ほかになければなりません。戦争はずっと北のほうで開かれています。私は、そこへいって戦います。」

と、青年はいいのこして、さってしまいました。

国境には、ただひとり老人だけがのこされました。青年のいなくなった日から、老人は、ぼうぜんとして日を送りました。野ばらの花が咲いて、蜜ばちは、日があがると、暮れるころまでむらがっています。いま戦争は、ずっと遠くでしているので、たとえ耳をすましても、空をながめても、鉄砲の音も聞こえなければ、黒いけむりのかげすら見られなかったのであります。老人は、その日から、青年の身のうえをあんじていました。日はこうしてたちました。

ある日のこと、そこを旅人が通りました。老人は戦争について、どうなったかとたずねました。すると、旅人は、小さな国が負けて、その国の兵士はみなごろしになって、戦争は終わったということをつげました。

老人は、そんなら青年も死んだのではないかと思いました。そんなことを気にかけながら、石碑のいしずえに腰をかけて、うつむいていますと、いつかしらず、うとうととしねむりをしました。かなたから、おおぜいの人のくるけはいがしました。見ると、一列の軍隊でありました。そして馬に乗って、それを指揮するのは、かの青年でありました。その軍隊はきわめて静粛で声ひとつたてません。やがて老人の前を通るときに、青年は黙礼をして、ばらの花をかいだのでありました。

老人は、なにかものをいおうとすると目がさめました。それはまったく夢であったのです。それから一月《ひとつき》ばかりしますと、野ばらが枯れてしまいました。その年の秋、老人は南のほうへひまをもらって帰りました。

〈小川未明「野ばら」『少年少女現代日本文学全集・16／小川未明名作集』〈偕成社〉より〉

「あのころ」をふりかえる

■小川《おがわ》未明《みめい》

一八八二（明治十五）年～一九六一（昭和三十六）年。新潟県生まれ。本名は小川《おがわ》健作《けんさく》という。「未明《みめい》」という筆名は、師の坪内《つぼうち》逍遥《しょうよう》に名づけられた。正しくは「びめい」と読む。「日本のアンデルセン」や「日本童話文学の父」と称される。創作童話の代表作は、「赤い蝋燭《ろうそく》と人魚」など。

「野ばら」は、一九二三（大正十二）年の作品である。小学六年生の教科書に採録された。授業では、次のような指導が行われた。

・大きな国の老人と小さな国の青年の心の結び付きが、どのように書かれているか、ノートに書き出してみる。

・情景を表している文から、その様子をはっきりと思い浮かべてみる。

・「野ばら」という題名が付けられた理由を、話し合ってみる。

ちいちゃんのかげおくり

あまんきみこ

「かげおくり」って　あそびを　ちいちゃんに
おしえてくれたのは、おとうさんでした。
しゅっせいする　まえの日、おとうさんは、
ちいちゃん、おにいちゃん、おかあさんを　つれて、
せんぞの　はかまいりに　いきました。
そのかえりみち、青い　空を　見上げた
おとうさんが　つぶやきました。
「かげおくりの　よくできそうな　空だなあ。」
「えっ、かげおくり？」
と、おにいちゃんが　ききかえしました。
「かげおくりって、なあに？」
と、ちいちゃんも　たずねました。

「とお、かぞえるあいだ、かげぼうしを　じっと
見つめるのさ。とお、といったら、空を　見上げる。すると、
かげぼうしが　そっくり　空に　うつってみえる。」
と、おとうさんが　せつめいしました。
「とうさんや　かあさんが　子どものときに、
よくあそんだものさ。」
「ね。いま、みんなで　やってみましょうよ。」
と、おかあさんが　よこから　いいました。
ちいちゃんと　おにいちゃんを　中にして、
四人は　手を　つなぎました。
そして、みんなで　かげぼうしに、目を　おとしました。
「まばたきしちゃ、だめよ。」

と、おかあさんが　ちゅういしました。

「まばたきしないよ。」

ちいちゃんと　おにいちゃんが　やくそくしました。

「ひとーつ、ふたーつ、みーっつ。」

と、おとうさんが　かぞえだしました。

「よーっつ、いつーつ、むーっつ。」

と、おかあさんの　こえも、かさなりました。

「なーつ、やーっつ、ここのーつ。」

ちいちゃんと　おにいちゃんも、
いっしょに　かぞえだしました。

「とお！」

目の　うごきと　いっしょに、白い　四つの　かげぼうしが、すうっと　空に　上がりました。

「すごーい。」

と、おにいちゃんが　いいました。

「すごーい。」

と、ちいちゃんも　いいました。

「きょうの、きねんしゃしんだなあ。」

と、おとうさんが　いいました。

「大きな　きねんしゃしんだこと。」

と、おかあさんが　いいました。

つぎの日。

おとうさんは、白い　たすきを　かたから　ななめに　かけ、日の丸の　はたに　おくられて、れっしゃに　のりました。

「からだの　よわい　おとうさんまで　いくさに　いかなければ　ならないなんて。」

おかあさんが　ぽつんと　いったのが、ちいちゃんの耳には　きこえました。

ちいちゃんと　おにいちゃんは、かげおくりをして　あそぶように　なりました。

ばんざいをした　かげおくり。

かた手を　上げた　かげおくり。

足を　ひらいた　かげおくり。

いろいろな　かげを　空に　おくりました。
けれど、いくさが　はげしくなって、
かげおくりなど　できなくなりました。
この町の　空にも、しょういだんや　ばくだんを
つんだ　ひこうきが　とんでくるように　なりました。
そうです。ひろい　空は　たのしい　ところではなく、
とても　こわい　ところに　かわりました。
なつの　はじめの　ある夜《よ》、
くうしゅうけいほうの　サイレンで、
ちいちゃんたちは　目が　さめました。
「さあ、いそいで。」
おかあさんの　こえ。

そとに　出ると、もう、あかい　火が
あちこちに　あがっていました。
　おかあさんは、ちいちゃんと
おにいちゃんを　りょう手に
つないで　はしりました。
　かぜの　つよい日でした。
「こっちに　火が　まわるぞ。」
「川のほうに　にげるんだ。」
だれかが　さけんでいます。
かぜが　あつくなってきました。
ほのおの　うずが　おいかけてきます。
おかあさんは、ちいちゃんを

だきあげて　はしりました。
「おにいちゃん、はぐれちゃだめよ。」
おにいちゃんが　ころびました。足から
血が　出ています。ひどい　けがです。
おかあさんは、おにいちゃんを
おんぶしました。
「さあ、ちいちゃん、かあさんと
しっかり　はしるのよ。」
けれど、たくさんの人に　おいぬかれたり、
ぶつかったり……、ちいちゃんは、
おかあさんと　はぐれました。
「おかあちゃん、おかあちゃん。」

ちいちゃんは　さけびました。

そのとき、しらない　おじさんが　いいました。

「おかあちゃんは、あとから　くるよ。」

その　おじさんは、ちいちゃんを
だいて　はしってくれました。

くらい　はしの下に、たくさんの人が　あつまっていました。

ちいちゃんの　目に、おかあさんらしい人が　見えました。

「おかあちゃん。」

と、ちいちゃんが　さけぶと、おじさんは、

「見つかったかい、よかった、よかった。」

と、おろしてくれました。

でも、その人は、おかあさんでは　ありませんでした。

ちいちゃんは、ひとりぼっちに　なりました。
ちいちゃんは、たくさんの人たちの中で　ねむりました。
あさに　なりました。
町の　ようすは、すっかり　かわっています。
あちこち、けむりが　のこっています。
どこが　うちなのか……。
「ちいちゃんじゃないの？」
という　こえ。
ふりむくと、はすむかいの　うちの
おばさんが　立っています。
「おかあちゃんは？　おにいちゃんは？」
と、おばさんが　たずねました。

ちいちゃんは、なくのを　やっと　こらえて、いいました。

「おうちのとこ。」

「そう、おうちに　もどっているのね。おばちゃん、いまから
かえる　ところよ。いっしょに　いきましょうか。」

おばさんは、ちいちゃんの　手を　つないでくれました。

二人《ふたり》は　あるきだしました。

いえは、やけおちて　なくなっていました。

「ここが　おにいちゃんと　あたしの　へや。」

ちいちゃんが　しゃがんでいると、
おばさんが　やってきて　いいました。

「おかあちゃんたち、ここに　かえってくるの？」

ちいちゃんは、ふかく　うなずきました。

「じゃあ、だいじょうぶね。あのね、おばちゃんは、いまから、おばちゃんの　おとうさんの　うちに　いくからね。」

ちいちゃんは、また　ふかく　うなずきました。

その夜《よ》。

ちいちゃんは、ざつのうの中に　入れてある　ほしいい（たいた米をほしてかわかしたもの）を　すこし　たべました。そして、こわれかかった　くらい　ぼうくうごうの中で　ねむりました。

（おかあちゃんと　おにいちゃんは、きっと　かえってくるよ。）

くもった　あさが　きて、ひるが　すぎ、また、くらい　よるが　きました。

ちいちゃんは、ざつのうの中の　ほしいいを、また　すこし　かじりました。

そして、こわれかかった
ぼうくうごうの中で　ねむりました。
あかるい　ひかりが　かおに　あたって、目が　さめました。
（まぶしいな。）
ちいちゃんは、あついような　さむいような　気がしました。
ひどく　のどが　かわいています。
いつのまにか、たいようは、たかく　上がっていました。
そのとき、
「かげおくりの　よくできそうな　空だなあ。」
という、おとうさんの　こえが、青い　空から　ふってきました。
「ね。いま、みんなで　やってみましょうよ。」
という　おかあさんの　こえも、青い　空から　ふってきました。

ちいちゃんは、ふらふらする　足を　ふみしめて
立ちあがると、たったひとつの　かげぼうしを
見つめながら、かぞえだしました。
「ひとーつ、ふたーつ、みーっつ。」
いつのまにか、おとうさんの　ひくい　こえが、
かさなって　きこえだしました。
「よーっつ、いつーつ、むーっつ。」
おかあさんの　たかい　こえも、それに
かさなって　きこえだしました。
「なーなつ、やーっつ、ここのーつ。」
おにいちゃんの　わらいそうな　こえも、
かさなってきました。

「とお！」

ちいちゃんが　空を　見上げると、青い空に、くっきりと　白い　かげが　四つ。

「おとうちゃん。」

ちいちゃんは　よびました。

「おかあちゃん、おにいちゃん。」

そのとき、からだが　すうっと　すきとおって、空に　すいこまれていくのが　わかりました。

いちめんの　空のいろ。

ちいちゃんは、空いろの　花ばたけの中に立っていました。

見まわしても　見まわしても、花ばたけ。

(きっと、ここ、空の上よ。)
と、ちいちゃんは　おもいました。
(ああ、あたし、おなかが　すいて、
かるくなったから　ういたのね。)
そのとき、むこうから、おとうさんと
おかあさんと　おにいちゃんが、わらいながら
あるいてくるのが　見えました。
(なあんだ。みんな　こんな　ところに
いたから、こなかったのね。)
ちいちゃんは、きらきら
わらいだしました。わらいながら、
花ばたけの中を　はしりだしました。

なつの　はじめの　ある朝。
こうして、小さな　女の子の
いのちが、空に　きえました。

それから　なん十年。
町には、まえよりも　いっぱい　いえが　たっています。
ちいちゃんが　ひとりで　かげおくりをした　ところは、
ちいさな　こうえんに　なっています。
青い　空の下。
きょうも、おにいちゃんや　ちいちゃんぐらいの
子どもたちが、きらきら　わらいごえを　あげて、
あそんでいます。

（あまんきみこ「ちいちゃんのかげおくり」

『あかね創作えほん11　ちいちゃんのかげおくり』〈あかね書房〉より）

「あのころ」をふりかえる

■あまんきみこ

一九三一（昭和六）年生まれの児童文学作家である。児童文学者の与田準一《よだじゅんいち》の勧めにより、坪田譲治《つぼたじょうじ》が主宰していた童話雑誌『びわの実《み》学校』に作品を投稿するようになる。『車のいろは空のいろ』で、第一回の日本児童文学者協会新人賞と、第六回の野間《のま》児童文芸推奨作品賞を受賞。その他、受賞多数。代表作は「おにたのぼうし」など。同じ主人公が複数の作品に登場するシリーズもある。また、エッセー集『空の絵本』も発表している。

「ちいちゃんのかげおくり」は、小学三年生の教科書に採録された作品である。授業では、次のような指導が行われた。

・場面の移り変わりをおさえ、会話文に注意して読み、情景や登場人物の心情を想像する。
・二か所ある「かげおくり」の場面が、どのようにちがうのかを考える。

アジサイ

椋鳩十

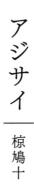

明神《みょうじん》さまの、すぐうらてに、小さな谷がありました。

小さな谷には、小さな谷にふさわしく、岩清水《いわしみず》が、チョロチョロと流れる、ほんとに小さな沢がありました。

その沢には、ハサミの赤い沢ガニや、アカガエルがいたり、沢の岩の上には、ルリ色のはねに、朱《しゅ》のはん点をつけたミチオシエがとまっていたりしました。

この谷の北がわには、野生のアジサイが、群生していました。アジサイは、北がわの斜面を、ずっとうずめつくしていました。花どきには、この谷の斜面は、むらさきの花で、いっぱいになるのでした。野生のアジサイは、目にしみるほど、あざやかなむらさきでした。

わたしは、この谷の細い道を通るたびに、美しいアジサイを、うでいっぱいにおってみたいと考えるのでした。

アジサイの斜面は、じめじめしていて、村の人びとは、ここを「マムシの巣」といっていました。じっさいにマムシがよくいて、アジサイをとりにいったものは、ときおり、マムシにかまれるのでした。

村の悪童《あくどう》どもも、おそれをなして、この斜面にだけは、はいりこみませんでした。

あるとき、わたしは、妹とふたりで、この斜面の近くまできました。

アジサイの花が、みごとにさいていました。

わたしは、いつものように、この美しい花を、うでいっぱい、とってみたくなりました。

それに、悪童どもも、おそれてよりつかぬこの斜面にはいって、花を、思いきりとって帰ったら、悪童どもは、どんなにおどろき、どんなに尊敬するだろうかと思っただけで、悪童どもが、目玉をぱちくりするすがたが、ありありとうかんでくるのでした。

わたしは、斜面のふちに立って、美しくさきつづけている花を見つめるのでした。

けれど、ヘビのきらいなわたしは、花の中にひそんでいるマムシのことを考えると、からだじゅうの血液が、逆流するほどのおそろしさを感じるのでした。

妹は、わたしと手をつないで立っていましたが、

「にいちゃん、花ほしいの。」

と、わたしの顔を見あげながらいうのでした。

「うん、ほしい。でも、だめじゃ。花の中は、マムシの巣だからなあ。」

「にいちゃん、ヘビにこわいのね。あたいが、とってきてあげる。」

妹は、とことこ、アジサイのやぶのほうにいくのです。

「おい。よせよ。」

わたしは、よわよわしい声でいうのでした。

妹は、三尺《じゃく》のおびの、赤いむすびめを、ひらひらさせながら、やぶの中に、はいっていってしまいました。

強くとめれば、とめることができたのに、わたしは、よわよわしい声で、つぶやくようにとめただけでした。悪童どもに、いばりたいというゆうわくに負けたのでした。妹の後ろすがたを見つめながら、「とめたのに、いってしまったのだからしかたない。」と、わたしは、心のなかでべんかいするのでした。

妹は、母ににて、ヘビをすこしもおそれませんでした。それに、まだおさなくて、マムシのおそろしさなど知らないのでした。

アジサイのやぶは、妹のせたけより高いのです。

そのアジサイのやぶから、妹の小さい手さきだけが、ついと、つきだされました。その小さい手さきが、ポキリと、アジサイを、一枝おりとりました。

そのしゅんかん、はげしい恐怖が、どっとわきあがりました。

「おい、すぐでてこい。花は、一つでいい。」

わたしは、大声でどなりました。

「あたいのぶんも、とっていく。」

妹は、花の中から、のんきな返事をするのでした。

「一つで、いいといったらいい。その一つは、おまえにやる。」

けれど、妹は、返事をしませんでした。

アジサイのやぶが、大きくゆれています。妹は、マムシの巣の中を、歩きまわっているのです。

「マムシよ！　かむな！」

わたしは、後悔の心をこめて、目をとじていのるのでした。

と、とつぜん、妹は、アジサイのやぶの中からとびだしてきました。うでいっぱい、アジサイの花をかかえて、両ほおを、リンゴのように、赤くそめて、にこにこしながらとびだしてきたのです。

わたしは、ほんとに、ほっとしました。

妹のところにかけよると、

「バンザーイ！」

妹を高だかとだきあげて、力いっぱいの大声でさけぶのでした。

さけびおわると同時に、妹をだきあげたまま、わたしは、敗北者のような、暗い、みじめな気持ちになるのでした。

じぶんの心のなかに、ひそんでいたいやしいものを、わたしは、いたいほど
はっきりと感じるのでした。

妹をかかえて、わたしは、とびあがり、とびあがり、

「ウオーイ！　ウオーイ！」

力かぎりの声をふりしぼって、どなるのでした。心のなかのいやったらしい
ものを、みんな、はきだしてしまおうとするように……。

うでの中の妹は、むじゃきにいうのでした。

「にいちゃん、そんなに、うれしいの。」


（椋鳩十「アジサイ」『椋鳩十全集11　自然の中で』〈ポプラ社〉より）

「あのころ」をふりかえる

□大造《だいぞう》じいさんとガン

複数の賞を授与された物語「大造じいさんとガン」は、小学五年生の教科書に採録された作品である。授業では、次のような指導が行われた。

・大造じいさんの、残雪《ざんせつ》に対する気持ちはどのように移り変わっていくか、またそれはなぜかを考え、話し合う。

・作品を読んで感動したことについて、話し合う。

・作品を読んで感動したことについて、感想文を書く。

□アジサイ

「アジサイ」は、小学六年生の教科書に採録された作品である。授業では、小学校の最終学年ならではの朗読が指導されていた。すなわち、発音や間《ま》の取り方、声の強弱、抑揚にいたるまで工夫を凝らして練習し、場面ごとに分けたグループで、朗読を発表し合うというもの。

きみならどうする

フランク・R・ストックタン

吉田甲子太郎　訳

1

ある気持ちよく晴れた朝、少年ハルはおとうさんのクレイトン氏につれられて、明け方からシカ狩《が》りにでかけた。少年にとっては、生まれてはじめての経験である。

クレイトン氏は、山にはよくなれている人だったから、近所の山へ、ふつうのけものをうちにいくぐらいのことには、べつに案内人を必要としなかった。四キロから五キロ歩くと、父と子は、ある湖の入り江のほとりへ出た。クレイトン氏は、そこで立ちどまった。

「ここで一時、ふたりは、わかれわかれになろうと思うんだがね。ひとつ、自分の腕をためしてみるんだな。八十メートルばかりはなれた、あそこの広場ね、あそこへよくシカが出てくるんだ。この大きな岩のかげにかくれていて、おジカが水をのみにくるのを待つんだ。風むきのぐあいは上等だ。からださえ見せなければ、見つかる心配は、まず、ないよ。気ながに待たなきゃ、だめだぜ、ハル。ぼくは、べつの場所へいってみようと思うんだ。昼ごろまでには、ここへ帰ってくるからね。」

クレイトン氏は、そういいのこして、さきへ進んでいった。そこで、ハルは、さっそく戦闘準備にとりかかった。第一に、うまい岩のくぼみを見つけて、銃をそこへおいた。こうしておけば、敵の目にはつかない。それから、岩の上へ、わずかに、目と帽子だけしかあらわれないようにして、腰をおちつけた。帽子は、さいわい、岩と同じような色をしていた。

少年は、これまでに、シカ狩りの話を、いくども聞かされていた。だから、いよいよ、シカがあらわれて、銃をとりあげるまでには、いやになるほど、ながく待たされることがよくあるのを、ちゃんと知っていた。ハルが、たいくつをしないために、写真機をもってきていたのは、そのためだった。写真は大すきで、とくに、外のけしきをとるのを、とくいとしていた。

最初は、ハルは、シカがあらわれることになっている場所を写真機におさめた。もし、きょううい陣《じん》の手がらをたてることになれば、その戦場の風景写真はこのうえない、よい記念になると思ったからだ。それから、じっと待った。だが、むろん、シカは、そうかんたんにあらわれてきてはくれない。かれはたいくつになってきた。そこで、手ぢかなところで、よさそうなけしきをさがして、また一枚とった。

2

そのあと、三十分ばかり、岩のかげにすわって、湖のほとりの森から目をはなさずに、静かに待っていた。

なんにもせずに、ただ気をはっていることは、なかなかむずかしい。まして、十六や十七の少年にとっては、その元気なからだを動かさずにいることは骨がおれる。ハルは、もう一枚写真をとろうかな——と、そう思った。ちょうど、そのときであった。シカは、きっとあのへんから出てくるだろうと、クレイトン氏がおしえておいてくれた、まさしく、そのあたりの木の葉がざわめくのが、はっきりとわかった。ハルは、銃に手をのばして、息をつめた。

森のはずれから、頭が一つ、のぞいた。それから首が――。しかし、それは、かれが待ちうけたおジカの頭ではなくて、めジカの頭だった。つのがはえていない。けれども、美しい頭にはちがいなかった。距離が近いので、大きな、つやつやした目の美しさまでが、手にとるように見える。

めジカは、やがて、森と水とのあいだの、うちひらけた場所に、そのすんなりしたすがたをあらわした。シカは右を見た、左を見た、それから、水の上を見わたした。こうして、注意ぶかくあたりをうかがってから、いま自分が出てきたばかりのしげみのほうに、頭をむけた。

すると、たちまち、かわいらしい一ぴきの子ジカが、しげみのなかから、はねだしてきた。まるで、そのおかあさんシカが、「だいじょうぶだよ。さあ、出ておいで。」と、声をかけたように思われた。だが、子ジカも、頭をあげて、右を見、左を見、それから水の上を見わたした。おかあさんのことばで、思いきって、安全な森かげから出てきたが、ほんとにだいじょうぶなのかしらと、自分で、もういちど、たしかめているというようすである。

おかあさんのシカは、水ぎわまで歩みよって、その品《ひん》のよい頭をさげて水をのんだ。子ジカは、ちょこちょこ、おかあさんのうしろへ、かけよって、同じように、かわいい頭をさげた。けれども、その鼻さきを、ちょっとぬらしただけで、水をのもうとはしなかった。ほしくないらしい。めジカは、もういちど念入りに、あたりを見まわしてから、ゆっくりと、あさい水のなかへ、はいっていった。そして、すこし進むと、たちどまって、うしろをふりかえった。「つめたい水へはいると、ほんとうに気持ちがいいよ。おまえも早くおいで。」そういって、むすこが、はいってくるのを待っているように見える。

ところが、子ジカは、そんな気には、まるでなれないのだ。気にいらないというようすで、耳をぴんと立てて、小さなひづめで、とんとんと、地面をふんでいる。それから、なぎさにそって、いらいらしながら、あっちへいったり、こっちへきたり、歩きまわる。どうも、「おかあさん、そんなおてんばなことをしないで、早くこっちへ、あがってきてください。」と、たのんでいるようにしか思えない。

しかし、めジカは、子ジカの心配なんか、すこしも気にかけない。かまわず、深いほうへ、ずんずん進んでいく。そのうちに、めジカの足は、ほとんど、かくれて、もうすこしで、はらまで水がとどきそうになった。見ている子ジカは、たまらなくなってきた。二度も三度も、右左へ、とびあがって、こまったようすをしていたが、とうとう、水ぎわまでいって、片足を水のなかへ、つっこんだ。それから、その足をひっこまして、また足ぶみをしはじめた。めジカは、たえず子ジカのしぐさを見まもって、「だいじょうぶ。だいじょうぶ。はいってごらん。あたしが見ていてあげるから。」と、いいつづけているように見えた。それにはげまされたのか、子ジカは、こんどは、両方の前足を水にいれて、ちょっとのあいだ、じっと立っていた。

だが、子ジカは、また、うしろへさがった。そして、足のぬれたのが気持ちがわるくてたまらないというように、いくどか、足ぶみをしてから、遠くのほうまで、かけのいた。それから、ふりかえって、おかあさんのほうを、しばらく見ていた。きっと、「ぼく、もういいでしょう。おかあさんも早く出てきてくださいよ。ぼく、水んなかへはいるなんて、気持ちがわるくていやなんだ。」

――そんな気持ちなのであろう。おかあさんのシカに、子どもの、この気持ちがわからないはずはなかった。それなのに、めジカは、子ジカのねがいをいっこう聞きいれないで、ますます、岸から遠くはなれていった。そして、背がたたなくなったとみえて、とうとう、泳ぎはじめたのであった。

3

子ジカはどうするだろう。ハルは、もう二ひきのシカから、目をはなすことはできなかった。

子ジカは、おかあさんのシカが、このまま、むこう岸へおよいでいってしまうのではあるまいかと思った。自分が、ここへ、ひとりで、おいてきぼりにされたのではないかという心配がおこってきた。

おかあさんが、どこへいこうとも、また、どんなことをしようとも、わかれわかれになるのはいやだ。そばにいたい。いっしょにいなければならない。そう思うと、子ジカにも勇気がわいてきた。すべてをわすれて、子ジカは、水のなかへおどりこんだ。そして、しぶきをとばして、はねまわった。すこしでも、おかあさんの近くへいきたい。そう思って、もがき進むうちに、子ジカは、いつのまにか、背のたたない深みまできてしまった。自分でも気がつかないうちに、子ジカは、おかあさんシカをめがけて、むちゅうになって、泳ぎはじめていた。

ハルは、これまでのところを、息もつけないほどの興味で、見まもりつづけた。人間をのぞけば、ほとんど、どんな動物でも、水のなかでしずまずにいることができるものだし、また、とくべつにおしえられないでも、泳ぐことができるものだ。この子ジカが、泳げることにふしぎはない。けれども、ハルには、子ジカがつめたい水をすかないことも、よくわかった。だから、子ジカが水にたいして自信をもつようになり、敵に追いつめられたら、へいきで水のなかにとびこめるようになるためには、やはり、大いに教育しておくことが必要なのだ。

子ジカは、やっと、頭だけを水の上に出して、小さな足をせわしく動かしながら進んでいった。そして、まもなく、おかあさんのそばまで、泳ぎついた。めジカは、静かにむすこのまわりを泳ぎまわった。そうしながら、ときどき、自分の顔を子ジカの顔に、ぐっと、近よせた。「さあ、しっかり泳ぐんだよ。」と、元気をつけているように見える。

けれども、子ジカのほうは、元気なんかつけてもらいたくはないのだ。おかあさんに、早く、岸にかえってもらいたいのだ。自分をつれてかえってもらいたいと思っているのだ。

そのうちに、すきを見て、子ジカは、おかあさんシカの背中に、のぼろうとした。おかあさんは、そのために、しずみそうになった。すると、めジカは、子ジカの気持ちになんかすこしも同情しないで、いきなり、ふりおとしておいて、さっさと岸のほうへ、泳ぎはじめた。子ジカは、おっかける。なんとかして、おかあさんに追いついて、すきをねらって、おぶさろうとする。おかあさんは、遠くははなれないが、いつでも、子どもの前足がとどかないだけ、ひきはなして進んでいく。だが、たえず、ふりかえって、子ジカをはげますことは、わすれない。

まもなく、めジカは、かわいた土の上に立っていた。子ジカは、水の底に足がつくようになるとすぐ、ひととびに、なぎさへかけあがった。それから、すばらしいはやさで、あっちへ、こっちへ走りまわりだした。そうやって、からだをあたためているのにちがいない。おかあさんジカは、うれしそうに、そのようすをながめている。子ジカは、さっき、おかあさんに、いじめられたことはすっかりわすれて、じつにゆかいそうに、かけまわっている。さっきまで、あんなに水をこわがっていた、いくじなしの子ジカとは思われないくらいである。

めジカは、おかあさんとしての役目をはたして、満足そうに日なたに身をのばして、からだをかわかしている。ゆったりとした美しい寝すがただ。子ジカも、やがて、おかあさんのそばへきて、寝そべった。しかし、これは、細い四本の足を、ぐんと四方へのばして、あごを土の上へ、どたりとつけて、いかにも、だだっ子らしい、寝かたただった。

ハルは、めジカと子ジカのすることをながめているあいだ、銃のことなど、一度だって、思いださなかった。どういう季節にもせよ、またどういうわけがあるにもせよ、小さな子ジカやその慈愛のふかいおかあさんのシカをうつことは、法律で、かたく、とめられていた。かりに、とめられていなかったとしても、そんな、はずかしい、むごたらしいことは、できるものではない。まして、この少年は、やさしい母親が、子どもに、泳ぎのけいこをしてやるところを、まのあたり見て、いわば、その二ひきのシカと、友だちになったような気がしているところだ。いま、この親子のシカに危害をくわえようとする人間があらわれたなら、少年は、かえって、その人間に銃をむけたかもしれないのである。

4

およぎのけいこに見とれているあいだ、ハル少年は、写真機のことも、きれいに、わすれていた。だが、シカの親子がおちついたすがたになるといっしょに、それを思いだした。そして、さっそく、水あびのあとで、静かに休んでいる子ジカとその母の写真をとろうとした。ところが、今、シャッターをきろうとしたとき、美しいモデルたちが、とつぜん動いた。子ジカは頭をあげた。めジカは、そのままのしせいで、目だけを森のほうへむけた。

その動きを待っていたように、ハルは写真機をおいて、銃に手をかけた。心臓は、はげしく、鼓動しはじめた。全身がふるえた。なにかシカがこわがらないものが出てくるのだ。子ジカも、おかあさんのシカも、ちっとも、おそれているようすがないので、それがわかる。自分が待っていたものが、ついに、あらわれてくるのであろうか。

なにかがきた。そして、それは、ハル少年が熱心に待ちうけていたものにちがいなかった。すこしも心配らしいようすもしめさずに、みごとなおジカが、ゆうゆうと、森のなかから歩み出てきたのである。おジカは、右のほうを見なかった。左のほうも見なかった。水の上を見わたそうというそぶりもあらわさなかった。さりげなく、ちらりと、めジカと子ジカとをひと目見ただけで、おジカは湖のほうへ進んでいった。どこまでも、すっかり安心しているという態度だった。いかにも、たのもしい、自信にみちたすがただった。

おジカはすこし水をのんだ。あたりにはえている草を食べた。それから、子ジカとめジカとが横になっているところへ歩いていった。頭をあげて、あたたかい、日のにおいのする空気を、よろこばしげにすいこんだ。太陽の光のはいらない森の奥の空気とは、まるで、ちがうのだ。おジカの頭には、すばらしい、一つのつのがあった。そのいくつにもわかれた枝のさきが、あかるい日ざしをはねかえして、するどく、光って見えた。

5

ハル少年の心臓は、まだ、はげしく、鼓動している。かれは銃に手をかけたまま、からだのふるえをとめようとつとめた。生まれてはじめて、ほんもののおジカが、えものとして目の前にあらわれたら、自分は、きっと、こういうことになるだろうと、かねてかくごはしていた。しかし的《まと》をはずさず、一撃のもとにえものをたおそうと思ったら、どんなことをしても、まず、じゅうぶんにおちつきをとりもどさなければならない。

だが、わくわくしながらも、少年は、今、自分の前に自然がえがきだしてくれた、世にもめずらしい絵の、たぐいまれな美しさに、うっとりと見とれずにはいられなかった。子ジカは、ふたたび、めジカとならんで、長々と、寝そべり、おジカは、そのすこしうしろに、高く頭をあげて、たたずんでいる。背景には、湖と樹木と晴れわたって白雲のとぶ空。ハルは考えた。発砲するまえに、写真を一枚とるだけのゆとりがあるだろうか。いずれとも心をきめかねている、わずかな時間のうちに、とつぜん、おジカのすがたに変化がおこった。すばやい動作で、おジカは、水のほうへ頭をふりむけた。耳を前のほうへふせ、目を大きくあけたと思うと、聞きなれない、かん高い、笛をならすような声が、その口から発せられた。おジカは、なにかにおどろかされたのだ！

ハルには、危険をしめすようなものは、なんにも目にはとまらなかった。あやしいもの音も聞こえなかった。しかし、シカの目、シカの耳は、少年のそれよりは、はるかにするどいはずである。あるいは、それは、湖のむこう岸にキツネがいるというようなことだったかもしれない。わけはよくわかっていないのだが、シカはひどくキツネをこわがるものだ。だが、それは、ともかく、今、おジカは、なにかものにおどろいているのだ。りっぱなそのつのが、こまかく、ふるえている。からだぜんたいがふるえている証拠だ。

おジカのおそれが、すぐに、めジカと子ジカとにつたわった。めジカはなかば身をおこして、頭を湖のほうへむけた。子ジカは、ぴょんと、立ちあがった。みごとな絵だ。すばらしい美しさだ。きりりと、気をはりきった、そのひとときのシカの一族！　おジカとめジカと子ジカと——。ハル少年は、これまでに、これほど美しい絵も彫刻も見たことがないと思った。

だが、それは、また、このうえない、発砲の好機会だった。この場をはずしたら、おそらく、えものは逃げさってしまうにちがいなかった。

考えているひまはない。おジカは、なおすこし高く頭をあげた。そして、ほんのすこし、森のほうへ身をよせた。めジカが、ひょいと立ちあがった。子ジカは、からだを弓なりにした。とびだすまえのしせいである。今だ！　今すぐしなければ、なにごとも、まにあわない。うつか、写真をとるか——。

ハル少年は写真機をつかんだ。カチリ！　それで、ことはおわった。

同時に、おジカは森のほうへ頭をむけた。めジカはからだをすこし前へかがめた。三びきのシカは、一度に、はねた。なにかにおどろいた動物どもは、さっと、しげみのなかへすがたをかくしてしまったのであった。

（フランク・R・ストックタン　吉田甲子太郎 訳「きみならどうする」
『少年少女学研文庫　空に浮かぶ騎士』〈学習研究社〉より）

「あのころ」をふりかえる

■フランク・R・ストックタン、吉田甲子太郎《よしだきねたろう》

フランク・リチャード・ストックタンは、一八三四年、アメリカ・ペンシルベニア州フィラデルフィアに生まれる。一八七〇年、童話集『ティンガリン物語』を発表。その後、児童雑誌『セント・ニコラス』の副編集長を務めつつ、この雑誌への寄稿を続けた。『若草物語《わかくさものがたり》』のL・M・オルコット、『小公子《しょうこうし》』のバーネット夫人なども、同時期にこの雑誌に寄稿していた。一九〇二年に逝去。

吉田甲子太郎は、一八九四（明治二十七）年生まれの、翻訳家・児童文学者。一九五七（昭和三十二）年に逝去。

「きみならどうする」は、小学五年生の教科書に採録された。授業では、物語を読む楽しみを味わったうえで、次は児童それぞれが作者になり、物語を作ってみるという指導が行われた。教科書の文章中に、物語を作る際に考えるべきことや、手順、創作の工夫の例が挙げられている。

とびこみ

トルストイ

宮川やすえ 訳

ある船《ふね》が、世界一周《せかいいっしゅう》をして自分《じぶん》の国へかえるとちゅうでした。たいへんしずかなよい天気なので、船《ふね》にのっている人はみな甲板《かんぱん》へ出ていました。その人たちのあいだを、一ぴきの大きなさるが歩きまわりながら、みんなをおもしろがらせていました。さるは、へんなかっこうをしたり、とびあがったり、おかしな顔《かお》をしたり、みんなのまねをしたり――みんなが自分《じぶん》を見ておもしろがるのを、よく知っているらしく、ますますとくいになって、ひょこひょこ歩きまわっていました。

そのうちに、船長《せんちょう》のむすこで、十二才になる少年にとびつくと、ぼうしをひっつかんで自分《じぶん》の頭《あたま》にかぶり、するするとマストにのぼっていきました。どっとみんながわらいました。が、少年はぼうしをとられて、わらっていていいのか、ないていいのかわからずに、とまどっていました。

さるは、マストのいちばん下のほげた（ほをはるためのマストのよこ木）にこしかけると、ぼうしをぬいで、歯《は》と手でやぶりはじめました。それから、からかうように少年のほうをゆびさしたり、あっかんべーをしてみせたりしました。

少年はかっとなって、さるにどなりつけました。が、さるはますますいじわるになり、もっとぼうしをやぶろうとします。水夫《すいふ》たちは、アハハハと大声でわらいました。少年は、まっかになってうわぎをぬぎすて、さるのあとをおってマストへとびつきました。するするっと、みるまにいちばん下のほげたまでのぼりました。

ところがさるは、もっと身がるですばしっこいのです。少年がぼうしをとろうとしたとたんに、もっと高いところへのぼってしまいました。

「どんなことがあったって、おまえをにがすものか！」

そうさけぶと、少年も上へのぼっていきました。

さるは、おいでおいでをするとさらに上へのぼっていきます。こうなれば、少年もけんかごしです。おとなしくひきさがるわけにはいきます。少年も、まけずにのぼっていって、みるみるうちに、マストのいちばん上までのぼりつきました。さるはそこから、せいいっぱいからだをのばすと、うしろ足でロープをつかみ、いちばん高いほげたのはしっこに、ひょいとぼうしをひっかけました。それからマストのてっぺんにこしをかけて、からだをまげたりのばしたり、おかしなかっこうをして歯《は》をむきだし、キャッキャとわらいだしました。

マストからそのほげたのはしまでは二メートルちかくもあって、ロープにもマストにも、たよらずにいくよりしかたがないのですが、少年はむちゅうでした。いきなりマストからはなれ、ほげたをつたってそろそろ歩きだしました。

甲板《かんぱん》ではみんな、さると船長《せんちょう》のむすこがすることを見てわらっていました。が、ふいに、少年がロープからも手をはなし両手《りょうて》でちょうしをとりながら、ほげたの上を歩きだしたので、はっと息《いき》をとめました。あの目がくらむように高いほげたを、もし少年がふみはずしたら、甲板《かんぱん》にぶつかって、こっぱみじんになってしまうでしょう。

それに、もしぶじにほげたのはじにたどりついて、ぼうしをとったとしても、ひきかえすのはとてもむずかしいことです。むきをかえて、何ごともなく、マストまでかえれるでしょうか。

みんなは、ひとこともものをいわないで、じっと少年を見あげたままどうなることかとはらはらしていました。

このとき、あまりこわいので、だれかがふいに、

「あ！」

とさけびました。

そのさけび声をきいて、少年ははっとわれにかえり、下をみたとたんに、

〝うわ！　高い〟

少年のからだが、よろよろっとしました。

ちょうどそのとき、船長《せんちょう》が船室《せんしつ》から出てきました。手には、かもめをうとうと思って鉄《てっ》ぽうをもっています。

船長《せんちょう》は、マストの上にいるむすこを見るがはやいか、とっさにむすこをねらって銃《じゅう》をかまえ、さけびました。

「海へ！　海の中へ、すぐとびこめ！　じゃないとうつぞ！」

少年は、ふらふらしているのに、まだどうしていいかよくわからないようす

です。

「とびこめ！　じゃないとうつぞ。いち、にい……」。

「さーん」。

そう、おとうさんがさけんだとたん、少年は、大きく手をふって、頭《あたま》から、やあっ！　ととびこみました。

少年のからだは、まるで大ほうのたまのようにどぼんと海の中へしずみました。

が、そのからだが波《なみ》にのまれるかのまれないかのうちに、二十人の勇《ゆう》かんな水夫《すいふ》が、船《ふね》から海にとびこみました。

四十秒《びょう》もたったでしょうか——みんなには、とても長い時間がたったように思われたのですが——少年のからだがうかびあがってきました。水夫《すいふ》たちは、少年をつかむと船《ふね》の上にひきあげました。

五〜六分もたつと、少年の口や鼻《はな》から、水がどんどんながれだして、やっと息《いき》をしはじめました。

船長《せんちょう》は、むすこが息《いき》をふきかえしたのをみるととつぜん、うーっと、のどをしめつけられるような声を出して、自分の船室《せんしつ》へはしりこみました。船長《せんちょう》は、ないているところをだれにも見られたくなかったのです。

（トルストイ　宮川やすえ 訳「とびこみ」
『旺文社ジュニア図書館　イワンのばか』〈旺文社〉より）

「あのころ」をふりかえる

■トルストイ、宮川《みやかわ》やすえ

レフ・トルストイは、十九世紀のロシア文学を代表する小説家である。一八二八年～一九一〇年。思想家としても知られ、ロシアの政治や社会にも影響を与えた。代表作は、「戦争と平和」、「アンナ・カレーニナ」、「イワンのばか」など。

宮川やすえは、一九二六（大正十五）年生まれの、ロシア児童文学翻訳家。平成十一年に、第三十八回の児童文化功労賞を受賞した。二〇一三（平成二十五）年に逝去。

「とびこみ」は、小学四年生の教科書に採録された。授業では、次のような指導が行われた。

・登場人物の行動に注意して、場面の様子を詳しく読み取る。
・書き出しの部分が、その後に起こる事件とどのように結び付いてくるのかを、振り返ってみる。

空に浮《う》かぶ騎士《きし》

アンブローズ・ビアス
吉田甲子太郎 訳

1

アメリカ合衆国が北部と南部の二つにわれて、あの南北戦争がはじまった一八六一年の秋のことである。西バージニアの山道ぞいにしげっているゲッケイジュにうずもれて、ひとりの兵士が横たわっていた。うつぶせになって、左の手に顔を押しつけたそのすがたは、死んでいるのかとうたがわれた。ただ、皮帯《かわおび》にとりつけた背中の弾薬ぶくろが、ゆるくひょうしをとって動いているので、生きているのだなと、わずかにうなずけるのだった。さしのべた右手は、ゆるく小銃《しょうじゅう》をおさえている。この兵士は、重要な任務についていながら、ねむりこけているのである。見つけられたら、当然、銃殺されなければならない。

兵士がねむっている場所は、急斜面を南へのぼりきった道が、にわかに西へおれる、そのまがりかどにあたっていた。道は、そのまま三十メートルあまり山のいただきを走ってから、さらに南へまがって、森のなかをうねりくだっていく。その二番めのまがりかどのところに、大きな、たいらな岩があって、北のほうへ、ぐっと頭をつきだしている。下は深い谷で、道はその谷からはいのぼってきているのである。岩は、高いがけに帽子をかぶせた形で、そのはずれから石を落とせば、谷にはえたマツのこずえまで三百メートル、まっすぐに落ちるわけだ。

このあたりは、いたるところ森におおわれている。ただ谷底《たにそこ》の北よりに、ひととこ、自然の牧場《ぼくじょう》のようになっている、せまい原があり、そこを小川が流れている。その原だけが、まわりの森よりは、緑が、ひときわ、あざやかに見える。そのむこうには、こちらがわと同じような高い大きながけが、ならびたっている。谷の地形は、すっかり山にかこいこまれていて、出口も入り口もないように思われる。

かりに、この谷底へ、一師団の兵力を追いこんだとすれば、これをひょうろうぜめにして屈服させるためには、入り口をかためる五十人の兵隊があれば、じゅうぶんであろう。ところが、そういう危険な場所の森のなかに、現在、北《ほく》軍《ぐん》の五個連隊がかくれているのだ。全軍の将兵は、一日一晩の強行軍をつづけたあと、必要な休養をとっているところだ。日の暮《く》れ暮《ぐ》れには、ふたたび立って、いま、たのみにならない歩《ほ》しょうがねむっている山を乗りこえ、およそ真夜中ごろに、むこうがわの谷にある、敵陣へなだれこもうというのだ。それまでに味方の行動を感づかれたら、なにもかもおわりだ。

それなのに、だいじな歩しょうはねむりこけているではないか。

2

ねむっている歩しょうは、カータ＝ドルースというバージニアの青年だった。かれはゆたかな農家のひとりむすこで、家は、ここから、ほんの何キロしかはなれていないところにある。

ある朝、カータは、朝めしの食卓から立ちあがって、静かに、しかし、おもおもしくいった。

「おとうさん、北軍の連隊がグラフトンに到着しました。わたしはそれに参加しようと思います。」

父親は、その威厳にみちた顔をあげて、しばらく、無言で、むすこをながめたあとで、答えた。

「いくがいい、カータ、それが正しいことだと思うなら。そしてどんなばあいにも、自分の任務だと信ずることはやりとげてもらいたい。バージニアにとっては、おまえは、むほん人になる。だが、この父にも、それをとめる権利はない。戦争がすむまで、ふたりとも生きていられたら、そのときに、このことはよく相談することにしよう。ところで、おかあさんの容体《ようだい》は、おまえも医者から聞いているとおり、今、たいへんわるいのだ。せいぜいもっとしても、ここ何週間というところだろう。だがその何週間かはとうとい時間だ。よけいな心配はさせたくない。なんにも話さずにいくほうが、かえってよかろう。」

カータ＝ドルースは、父にむかって、うやうやしく、頭をさげて、自分の生まれた家をたちさっていった。父は、深い心のかなしみをおしかくして、りっぱな態度で、それを見送ったのであった。

良心と勇気によって、またいのちをおしまないだいたんなおこないによって、カータ＝ドルースは、すぐに、戦友や上官にみとめられるようになった。それだからこそ、かれは、いまこうして、最前線のこの危険な歩しょうにえらばれたのだった。それに、かれがこのへんの地理にあかるいことも、この任務につごうがいいと考えられたのだった。だが、さすがのカータも、はげしい疲労には勝つことができず、とうとう、ねむりこんでしまったのである。

3

あたりは静まりかえっている。おそい午後の空気は、ものうくよどんでいる。どうしたはずみか、その静けさのなかで、カータのまぶたが、わずかにひらいた。それから、かれは、そっと顔をあげて、むらだつゲッケイジュの細い幹のあいだから、むこうの空を見つめた。右手は、自分でも知らずに、銃をつかんでいた。

はじめにおこったのは、美しいなあという気持ちだった。おもおもしい威厳をそなえた騎馬像が、れいのたいらな岩におおわれた、とてつもなく大きながけを台座にして、そのつきでた岩のはずれに、大空を背景にして、くっきりと、えがきだされているのだ。人間の像が、馬の像の上に、まっすぐな軍人らしい姿勢で、座をしめている。それでいて、大理石にきざんだギリシアの神像のような、ゆったりしたおもむきもそなえている。灰色の軍服が、うしろの空の色と、じつに、うまく調和している。日光をぎゃくにうけている金具も光らず、色のけじめもやわらげて、影のなかにしずんで見える。馬のからだにも、白く光っているところは、ひとつもない。くらの前輪《ぜんりん》に、右手でかるくささえられている騎兵銃は、遠くはなれているために、じっさいよりは、また、いちだんと小さく見えた。馬上の人の顔は、すこし左をむいているので、こちらから見えるのは、こめかみとあごひげの輪郭だけにすぎなかった。かれは谷底を見おろしている。全体が空に浮かんでいるというせいもあり、とつぜん敵が近くへあらわれたのをおそれるカータの気持ちのせいもあったのだろうが、その騎馬像は、なにか、どうどうとして、むやみに大きく思われたのであった。

ほんのちょっとのあいだ、カータは、自分がねむっているまに、戦争がすんでしまったのではあるまいかと、うたぐった。そして、いま自分がながめているのは、えらいてがらをたてた将軍の銅像かもしれないという気がした。だが、そのとき、馬が、ちょっと動いた。そして、かれの夢のような気持ちを、いちどにふきはらってしまった。かれは、味方の軍隊が、今、どんな危険にさらされているか、はっきり、それをさとったのである。

カータは、注意ぶかく銃身をしげみのあいだからつきだして、台じりを、ぴたりと肩につけた。銃口は、まさしく、馬上の人の心臓をねらっていた。もう、引き金をひきさえすれば、カータ＝ドルースの任務は、とげられるのだ。その瞬間、馬上の人は、ふいに、このかくれた敵兵のほうに顔をむけて、じっとながめた。カータは、自分の顔を、自分の目を、いや、自分の心臓を、のぞきこまれたような気がした。

戦争で敵をころすということは、これほどもおそろしいことだったのであろうか。しかも、その敵は、自分にとっても、また戦友たちにとっても、いのちにかかわる秘密をさぐりだしてしまっているかもしれないのだ。カータ＝ドルースの顔は青ざめていた。手足はふるえ、空中の騎馬像は、黒いかたまりになって、目のまえで浮いたりしずんだりした。

銃身をささえた手はだらりとさがり、もたげた顔も、がくりと落ちた。さすが勇気のさかんな若い兵士も、あんまり気持ちをはりつめすぎて、あぶなく気をうしないかけたのだった。

だが、それは、長いあいだではなかった。カータは、しだいに気力をとりもどしはじめた。かれは、ふたたび、顔をあげて、銃をしっかりとかまえた。指は引き金をさぐっている。心も目もすみきっていた。敵をいけどりにすることはのぞめない。敵に気どられたら最後、敵は馬を自分の陣地へとばして、このできごとを報告するにきまっている。カータのなすべきことははっきりしていた。敵がなんにも知らぬまにうちころすことだ。だが、待てよ。馬上の人は、じつは、まだ、味方のことはなんにも知らずにいるのかもわからない。ただあそこに馬をたてて、あたりの風景に見とれているだけなのかもしれない。助けてやれば、そのまま、もときた方角へ馬をかえして、ひきあげていくだけのことかもしれない。すくなくとも、そのひきあげるときのようすを見れば、敵が味方のひそんでいることに気がついたか、気がつかなかったかを判断することはできるだろう。カータは、頭をねじって、遠く谷底をのぞいて見た。緑色の草原を、一隊の兵と馬とが、長い、うねった線をえがいて行進している。おろかな部隊長のひとりが、何百という峰に見おろされた、むきだしの原っぱをとおって、馬を水のみにつれていくことをゆるしたと見える。

カータ＝ドルースは、いそいで、目を谷底から岩の上の人と馬にうつした。もう、ゆうよはできない。かれは、銃をかまえて、静かにねらいをさだめた。だが、こんどかれがねらっているのは、馬であった。かれの頭のなかで、家を出るとき父にいわれたことばが聞こえていた。

「どんなばあいにも、自分の任務だと信ずることはやりとげてもらいたい。」

かれはすっかり静かな気分になっていた。

「あわてるなよ。おちついて――」

かれは自分にいいきかせた。ねらいはさだまった。かれは発砲した。

4

ちょうどそのとき、北軍の将校がひとり、地形てい察のために、マツ林のはずれを歩いてきた。五百メートルばかりむこうに、緑色のマツのこずえをつきぬけて、大きながけがそそりたっている。見あげると、頭のしんがくらくらっとするほど高い。――と思ったとたんに、将校は異様な光景を見た。馬上の人が、そのままのしせいで、谷へむかって、空中を乗りおろしてくるではないか。

騎士は、しっかりとくらに腰をつけて、軍人らしく、まっすぐに上体をたもっていた。ひかえたたづなはぴんとはっている。ただ、帽子だけは、風にあおられてとびさった。そして頭からは、長い髪の毛が、空にむかって流れている。たてがみを雲のようになびかせた馬のからだは、大地を走るときのとおり水平である。四つのひづめは、もうれつないきおいではやがけをしているときのように動いていたが、見ているうちに、そろってまえのほうにつきだされ、いま、地上へおりたとうとするときのしせいになった。

空に浮かぶ騎士！　将校はまぼろしを見ている思いだった。感情がたかぶって、走ろうとしても、足がいうことをきかなかった。かれは、ほうりだされるようにころんだ。そして、それと同時に、一発の銃声を聞いた。ただ一発、そして、あとは、しんと、静まりかえってしまった。

将校は立ちあがった。しかし、ふるえは、まだ、とまらない。そのうちに、すりむいたむこうずねがいたんできた。そして、そのいたみのおかげで、やっと、われをとりもどすことができた。そこで、がけから二百メートルばかりはなれたところまで、かけつけてみた。そのへんに、馬と人とは落ちたにちがいないと思ったからである。しかし、むろん、かれは、そこになにものも発見することはできなかった。空中の騎士の美しさにまどわされて、かれは、それが、まっすぐ下へむかって落ちていったのだということに思いいたらなかったのである。馬と人とは、がけのま下に横たわっているはずだ。将校は、一時間ののちに、陣営へ帰った。

この将校はかしこい人だったから、たとえ、ほんとうのことでも、人が信じてくれそうもないことは、だまっているにこしたことはないと考えた。だから、自分の見てきたことを、だれにも話さなかった。

5

発砲したあと、歩しようカータ＝ドルースは、ふたたび、銃にたまをこめて、見張りをつづけた。十分とたたないうちに、味方の軍そうが、四つんばいになって、かれのそばへしのびよった。カータはふりむかなかった。ふせたままのしせいで、身じろぎひとつしなかった。

「発砲したのか。」

軍そうは小声できいた。

「はい。」

「なにをうったんだ。」

「馬です。あそこの——ずっとむこうの岩の上に立っていたんです。もう見えないでしょう。がけから、ころがり落ちたんです。」

カータの顔には血の気がなかった。だが、そのほかにかわったようすは見えない。へんじをしてしまうと、かれは、顔をそむけて、口をつぐんだ。軍そうには、なんのことか、さっぱりわからなかった。

「おい、ドルース、はっきりしたことをいうのだ。命令だ。へんじをしろ、馬にはだれか乗っていたのか。」

「はい、乗っていました。」

「なにものだ、乗っていたのは。」

ドルースは、もういちど、軍そうのほうをむいて、それから、ひとことずつ、かみしめるようにいった。

「わたくしの父です。」

軍そうは立ちあがって、歩みさった。「なんということだ！」と、かれはつぶやいた。

（アンブローズ・ビアス　吉田甲子太郎 訳「空に浮かぶ騎士」『少年少女学研文庫　空に浮かぶ騎士』〈学習研究社〉より）

「あのころ」をふりかえる

■アンブローズ・ビアス

一八四二年、アメリカ・オハイオ州生まれの作家・ジャーナリスト。その辛辣《しんらつ》な文章には定評があり、言葉の定義を辛口な表現でまとめた『冷笑《れいしょう》家《か》用語集』で人気を博した。これは後に再編、『悪魔の辞典』と改題されて、さらに有名になった。また、「月明かりの道」という短編は、芥川龍之介《あくたがわりゅうのすけ》の「藪《やぶ》の中」に影響を与えた作品である。動乱の起きていたメキシコに赴いた際に消息を絶ったとされ、正確な没年月日はわからないが、一九一四年頃に逝去したと考えられている。

「空に浮かぶ騎士《きし》」は、小学五年生の教科書に採録された。授業では、次のような指導が行われた。

・題名や書き出しについて、どんな工夫がされているかを話し合う。
・登場人物と読者の関係（「発砲した相手が誰なのか、登場人物は知っているが読者は知らない」など）についての、書き方の工夫を知る。

形

菊池寛

(1)摂津半国《せっつはんごく》の主《しゅ》であった松山新介《まつやましんすけ》の侍大将《さむらいだいしょう》中村新兵衛《なかむらしんべえ》は、(2)五畿内中国《ごきないちゅうごく》に聞こえた大豪《たいごう》の士《し》であった。

その頃、畿内を分領して居《い》た筒井《つつい》、松永《まつなが》、荒木《あらき》、和田《わだ》、別所《べっしょ》など大名小名《しょうみょう》の手の者で、『鎗《やり》中村』を知らぬ者は、恐らく一人もなかっただろう。それほど、新兵衛はその扱《しご》き出す三間柄《げんえ》の大身《おおみ》の鎗の鋒先《ほこさき》で、魁殿《さきがけしんがり》の功名を重ねて居た。

その上、彼の武者姿は戦場において、水際立《みずぎわだ》った華やかさを示して居た。火のような(3)猩々緋《しょうじょうひ》の服折《ふくおり》を着て、(4)唐冠纓金《とうかんえいきん》の兜《かぶと》を被《かぶ》った彼の姿は、敵味方の間に、輝くばかりのあざやかさを持って居た。

「ああ猩々緋よ唐冠よ」と敵の雑兵《ぞうひょう》は、新兵衛の鎗先を避けた。味方が崩れ立った時、激浪《げきろう》の中に立つ巌《いわお》のように敵勢《てきぜい》を支えて居る猩々緋の姿は、どれほど味方にとって頼もしいものであったか判《わか》らなかった。又嵐《あらし》のように敵陣《てきじん》に殺到するとき、その先登《せんとう》に輝いて居る唐冠の兜は、敵にとってどれほどの脅威であるか判らなかった。

こうして鎗中村の猩々緋と唐冠の兜は、戦場の華であり敵に対する脅威であり味方にとっては信頼の的《まと》であった。

「新兵衛どの、折り入ってお願いがある。」と元服《げんぶく》してからまだ間もないらしい美男の士《さむらい》は、新兵衛の前に手を突《つ》いた。

「何事じゃ、そなたとわれらの間に、左様《さよう》な辞儀《じぎ》は入《い》らぬぞ。望みと云《い》うを、はよう云って見い。」と育《はぐく》むような慈顔《じがん》を以《もっ》て、新兵衛は相手を見た。

その若い士《さむらい》は、新兵衛の主君松山新介の側腹《そばはら》の子であった。そして、幼少の頃から、新兵衛が守役《もりやく》として、我が子のように慈《いつく》しみ育てて来たのであった。

「外《ほか》の事でもおりない。明日《みょうにち》はわれらの初陣《ういじん》じゃほどに、何《なん》ぞ華々しい手柄《てがら》をして見たい。ついては御身《おんみ》様の猩々緋と唐冠の兜を借《か》してたもらぬか。あの服折と兜とを着て、敵の眼《め》を驚かして見とう在《ご》ざる。」

「ハハハハ念もない事じゃ。」新兵衛は高らかに笑った。新兵衛は、相手の子供らしい無邪気な功名心を快く受け入れることが出来た。

「が、申して置く、あの服折や兜は、申さば中村新兵衛の形じゃわ。そなたが、あの品々を身に着ける上からは、われらほどの肝魂《きもだま》を持たいでは叶《かな》わぬことぞ。」と云《い》いながら、新兵衛《しんべえ》は又高らかに笑った。

　そのあくる日、摂津《せっつ》平野の一角《いっかく》で、松山《まつやま》勢は、大和《やまと》の筒井《つつい》順慶《じゅんけい》の兵と鎬《しのぎ》を削った。戦いが始まる前いつものように猩々緋《しょうじょうひ》の武者が唐冠《とうかん》の兜《かぶと》を朝日に輝かしながら、敵勢を尻目にかけて、大きく輪乗《わの》りをしたかと思うと、駒《こま》の頭《かしら》を立てなおして、一気に敵陣に乗り入《い》った。

　吹き分けられるように、敵陣の一角が乱れた処《ところ》を、猩々緋の武者は鎗《やり》を付けたかと思うと、早くも三、四人の端《はした》武者を、突き伏せて、又悠々と味方の陣へ引きかえした。

　その日に限って、黒皮縅《くろかわおどし》の冑《よろい》を着て、南蛮鉄《なんばんてつ》の兜を被《かぶ》って居《い》た中村《なかむら》新兵衛は、会心《かいしん》の微笑を含みながら、猩々緋の武者の華々しい武者振《ぶ》りを眺めて居た。そして自分の形だけすら之《こ》れほどの力を持って居ると云うことに、可《か》なり大きい誇りを感じて居た。

彼は二番鎗は、自分が合わそうと思ったので、駒を乗り出すと、一文字《いちもんじ》に敵陣に殺到した。

猩々緋の武者の前には、戦わずして浮き足立った敵陣が、中村新兵衛の前には、びくともしなかった。その上に彼等《かれら》は猩々緋の『鎗中村』に突き擾《みだ》された恨みを、此《こ》の黒皮縅の武者の上に復讐《ふくしゅう》せんとして、猛《たけ》り立って居た。

新兵衛は、何時《いつ》もとは、勝手が違って居ることに気が付いた。何時《いつ》もは虎《とら》に向かって居る羊のような怖気《おじけ》が、敵に在《あ》った。彼等は狼狽《うろた》え血迷うところを突き伏せるのに、何の雑作《ぞうさ》もなかった。今日は、彼等は戦いをする時のように、勇み立って居た。どの雑兵《ぞうひょう》もどの雑兵も十二分の力を新兵衛に対し発揮した。二、三人突き伏せることさえ容易ではなかった。敵の鎗の鋒先《ほこさき》が、ともすれば身をかすった。新兵衛は必死の力を振るった。平素の二倍もの力をさえ振るった。が、彼は兎《と》もすれば突き負けそうになった。手軽に兜や猩々緋を借《か》したことを、後悔するような感じが頭の中をかすめた時であった。敵の突き出した槍が、縅の裏をかいて彼の脾腹《ひばら》を貫いて居た。

(1)摂津《せっつ》…大阪府北中部と兵庫県南東部。
(2)五畿内《ごきない》…近畿地方の5国（山城《やましろ》、大和《やまと》、河内《かわち》、和泉《いずみ》、摂津）。
(3)猩々緋《しょうじょうひ》の服折《ふくおり》…猩々という、中国の伝説上の動物の毛色に似た深紅色の陣羽織《じんばおり》。
(4)唐冠纓金《とうかんえいきん》…左右に金色の纓が飾り付けられている、古代中国の冠を模した兜《かぶと》。

（菊池寛「形」『菊池寛全集 第二巻』〈中央公論社〉より）

※原文の旧字体・旧かなづかい・送りがなは、現代のものに改めました。

「あのころ」をふりかえる

■菊池《きくち》寛《かん》

一八八八（明治二十一）年〜一九四八（昭和二十三）年。香川県出身の作家・ジャーナリストである。本名は菊池寛《ひろし》。

学生時代に知り合った芥川龍之介《あくたがわりゅうのすけ》、久米正雄《くめまさお》らと、第三次・第四次の『新《しん》思潮《しちょう》』（文芸同人雑誌）を発刊した。代表作は「恩讐《おんしゅう》の彼方《かなた》に」、「真珠夫人《しんじゅふじん》」、戯曲「父帰る」など。また、少女向けの雑誌『少女倶楽部《くらぶ》』に、長編の少女小説を連載していたこともある。

雑誌『文藝春秋《ぶんげいしゅんじゅう》』を創刊するなど、実業家としても成功した。現在でも毎年のように話題になる「芥川賞《あくたがわしょう》」および「直木賞《なおきしょう》」を、一九三五年に設立。作家の育成にも努めた。彼の名前を冠した「菊池寛賞《きくちかんしょう》」は、文学、演劇、映画、放送など、文化活動に功績のあった個人あるいは団体に贈られる賞である。

杜子春《とししゅん》

——芥川龍之介

一

ある春の日暮れです。

唐《とう》のみやこ洛陽《らくよう》の西の門の下に、ぼんやり空をあおいでいる、ひとりの若者がありました。

若者は名は杜子春《とししゅん》といって、もとは金持ちのむすこでしたが、いまは財産をつかいつくして、その日のくらしにもこまるくらい、あわれな身分になっているのです。

なにしろそのころ洛陽といえば、天下にならぶもののない、繁昌《はんじょう》をきわめたみやこですから、往来にはまだしっきりなく、人や車が通っていました。門いっぱいにあたっている、油のような夕日の光のなかに、老人のかぶった紗《しゃ》のぼうしや、トルコの女の金の耳輪や、白馬《しろうま》にかざった色糸のたづなが、たえずながれていくようすは、まるで絵のような美しさです。

しかし杜子春はあいかわらず、門のかべに身をもたせて、ぼんやり空ばかりながめていました。空には、もうほそい月が、うらうらとなびいたかすみのなかに、まるでつめのあとかとおもうほど、かすかに白くうかんでいるのです。

「日は暮れるし、腹はへるし、そのうえもうどこへいっても、とめてくれるところはなさそうだし――こんな思いをして生きているくらいなら、いっそ川へでも身をなげて、死んでしまったほうがましかもしれない。」

杜子春はひとりさっきから、こんなとりとめもないことをおもいめぐらしていたのです。

するとどこからやってきたか、とつぜん彼のまえへ足をとめた、片目すがめの老人があります。それが夕日の光をあびて、大きな影を門へおとすと、じっと杜子春の顔を見ながら、

「おまえはなにをかんがえているのだ。」

と、おうへいにことばをかけました。

「わたしですか。わたしは今夜寝るところもないので、どうしたものかとかんがえているのです。」

老人のたずねかたがきゅうでしたから、杜子春《とししゅん》はさすがに目をふせて、おもわず正直な答えをしました。

「そうか。それはかわいそうだな。」

老人はしばらくなにごとかかんがえているようでしたが、やがて、往来にさしている夕日の光をゆびさしながら、

「では、おれがいいことをひとつおしえてやろう。いま、この夕日のなかに立って、おまえの影が地にうつったら、その頭にあたるところを夜中にほってみるがいい。きっと車にいっぱいの黄金《おうごん》がうまっているはずだから。」

「ほんとうですか。」

杜子春はおどろいて、ふせていた目をあげました。ところがさらにふしぎなことには、あの老人はどこへいったか、もうあたりにはそれらしい、影もかたちも見あたりません。そのかわり、空の月の色はまえよりもなお白くなって、やすみない往来の人通りのうえには、もう気のはやいこうもりが二、三びきひらひら舞っていました。

二

杜子春は一日のうちに、洛陽《らくよう》のみやこでもただひとりという大金持ちになりました。あの老人のことばどおり、夕日に影をうつしてみて、その頭にあたるところを、夜なかにそっとほってみたら、大きな車にもあまるくらい、黄金がひとやまでてきたのです。

大金持ちになった杜子春は、すぐにりっぱなうちを買って、玄宗《げんそう》皇帝にもまけないくらい、ぜいたくなくらしをはじめました。蘭陵《らんりょう》の酒を買わせるやら、桂州《けいしゅう》の竜眼肉《りゅうがんにく》をとりよせるやら、日に四《よ》たび色のかわるぼたんを庭にうえさせるやら、白くじゃくを何羽《なんば》もはなしがいにするやら、玉をあつめるやら、錦をぬわせるやら、香木《こうぼく》の車をつくらせるやら、ぞうげのいすをあつらえるやら、そのぜいたくをいちいち書いていては、いつになってもこの話がおしまいにならないくらいです。

するとこういううわさをきいて、いままでは道でいきあっても、あいさつさえしなかった友だちなどが、朝夕あそびにやってきました。それも一日ごとに数がまして、半年ばかりたつうちには、洛陽《らくよう》のみやこに名を知られた才子《さいし》や美人がおおいなかで、杜子春《とししゅん》の家へこないものは、ひとりもないくらいになってしまったのです。杜子春はこのお客たちをあいてに、毎日酒盛《さかも》りをひらきました。その酒盛りのまたさかんなことは、なかなか口にはつくされません。ごくかいつまんだだけをお話ししても、杜子春が金のさかずきに西洋からきたぶどう酒をくんで、天竺《てんじく》生まれの魔法使いが刀をのんでみせる芸に見とれていると、そのまわりには二十人の女たちが、十人はひすいの蓮《はす》の花を、十人はめのうのぼたんの花を、いずれも髪にかざりながら、笛や琴を節《ふし》おもしろく奏《そう》しているというけしきなのです。

しかしいくら大金持ちでも、お金には際限がありますから、さすがにぜいたくやの杜子春も、一年二年とたつうちには、だんだんびんぼうになりだしました。そうすると人間ははくじょうなもので、きのうまでは毎日きた友だちも、きょうは門のまえを通ってさえ、あいさつひとつしていきません。ましてとうとう三年めの春、また杜子春がいぜんのとおり、いちもんなしになってみると、ひろい洛陽のみやこのなかにも、彼に宿をかそうといううちは、一けんもなくなってしまいました。いや、宿をかすどころか、いまではわんに一ぱいの水も、めぐんでくれるものはないのです。

そこで彼はある日の夕方、もういちどあの洛陽の西の門の下へいって、ぼんやり空をながめながら、とほうにくれて立っていました。するとやはりむかしのように、片目すがめの老人が、どこからかすがたをあらわして、

「おまえはなにをかんがえているのだ。」

と、声をかけるではありませんか。

杜子春は老人の顔を見ると、はずかしそうに下をむいたまま、しばらくは返事もしませんでした。が、老人はその日もしんせつそうに、おなじことばをくりかえしますから、こちらもまえとおなじように、

「わたしは今夜寝るところもないので、どうしたものかとかんがえているので

す。」

と、おそるおそる返事をしました。

「そうか。それはかわいそうだな。では、おれがいいことをひとつおしえてやろう。いまこの夕日のなかへ立って、おまえの影が地にうつったら、その胸にあたるところを、夜なかにほってみるがいい。きっと車にいっぱいの黄金がうまっているはずだから。」

老人はこういったとおもうと、こんどもまた人ごみのなかへ、かきけすようにかくれてしまいました。

杜子春《とししゅん》はその翌日から、たちまち天下第一の大金持ちにかえりました。とどうじにあいかわらず、しほうだいなぜいたくをしはじめました。庭に咲いているぼたんの花、そのなかにねむっている白くじゃく、それから刀をのんでみせる、天竺《てんじく》からきた魔法使い——すべてがむかしのとおりなのです。

ですから車にいっぱいあった、あのおびただしい黄金も、また三年ばかりたつうちには、すっかりなくなってしまいました。

三

「おまえはなにをかんがえているのだ。」

片目すがめの老人は、三《み》たび杜子春のまえへきて、おなじことを問いかけました。もちろん彼はそのときも、洛陽《らくよう》の西の門の下に、ほそぼそとかすみをかぶっている三日月の光をながめながら、ぼんやりたたずんでいたのです。

「わたしですか。わたしは今夜寝るところもないので、どうしようかとおもっているのです。」

「そうか。それはかわいそうだな。ではおれがいいことをおしえてやろう。いまこの夕日のなかへ立って、おまえの影が地にうつったら、その腹にあたるところを、夜なかにほってみるがいい。きっと車にいっぱいの――」

老人がここまでいいかけると、杜子春はきゅうに手をあげて、そのことばをさえぎりました。

「いや、お金はもういらないのです。」

「金はもういらない？　ははあ、ではぜいたくをするにはとうとうあきてしまったとみえるな。」

老人はいぶかしそうな目つきをしながら、じっと杜子春《とししゅん》の顔を見つめました。

「なに、ぜいたくにあきたのじゃありません。人間というものにあいそがつきたのです。」

杜子春はふへいそうな顔をしながら、つっけんどんにこういいました。

「それはおもしろいな。どうしてまた人間にあいそがつきたのだ？」

「人間はみなはくじょうです。わたしが大金持ちになったときには、せじも追《つい》従《しょう》もしますけれど、いったんびんぼうになってごらんなさい。やさしい顔さえもして見せはしません。そんなことをかんがえると、たといもういちど大金持ちになったところが、なんにもならないような気がするのです。」

老人は杜子春のことばをきくと、きゅうににやにやわらいだしました。

「そうか。いや、おまえはわかいものににあわず、感心にもののわかる男だ。

ではこれからはびんぼうをしても、やすらかにくらしていくつもりか。」

杜子春はちょいとためらいました。が、すぐにおもいきった目をあげると、うったえるように老人の顔を見ながら、

「それもいまのわたしにはできません。ですからわたしはあなたの弟子《でし》になって、仙術の修業をしたいとおもうのです。いいえ、かくしてはいけません。あなたは道徳のたかい仙人でしょう。仙人でなければ、一夜《いちや》のうちにわたしを天下第一の大金持ちにすることはできないはずです。どうかわたしの先生になって、ふしぎな仙術をおしえてください。」

老人はまゆをひそめたまま、しばらくはだまって、なにごとかかんがえているようでしたが、やがてまたにっこりわらいながら、

「いかにもおれは峨眉山《がびさん》に住んでいる、鉄冠子《てっかんし》という仙人だ。はじめおまえの顔を見たとき、どこかものわかりがよさそうだったから、二度まで大金持ちにしてやったのだが、それほど仙人になりたければ、おれの弟子にとりたててやろう。」

と、こころよく願いをいれてくれました。

杜子春《とししゅん》はよろこんだの、よろこばないのではありません。老人のことばがまだおわらないうちに、彼は大地にひたいをつけて、なんども鉄冠子《てっかんし》におじぎをしました。

「いや、そうお礼などはいってもらうまい。いくらおれの弟子にしたところで、りっぱな仙人になれるかなれないかは、おまえしだいできまることだからな。――が、ともかくも、まずおれといっしょに、峨眉山《がびさん》のおくへきてみるがいい。おお、さいわい、ここに竹づえが一本おちている。ではさっそくこれにのって、ひとっとびに空をわたるとしよう。」

鉄冠子はそこにあった青竹《あおだけ》を一本ひろいあげると、口のなかにじゅもんをとなえながら、杜子春といっしょにその竹へ、馬にでものるようにまたがりました。するとふしぎではありませんか。竹づえはたちまち竜のように、いきおいよく大空へまいあがって、晴れわたった春の夕空を峨眉山の方角へとんでいきました。

杜子春はきもをつぶしながら、おそるおそる下を見おろしました。が、下にはただ青い山やまが夕あかりのそこに見えるばかりで、あの洛陽《らくよう》のみやこの西の門は、（とうにかすみにまぎれたのでしょう。）どこをさがしても見あたりません。そのうちに鉄冠子は、白いびんの毛を風にふかせて、たからかに歌をうたいだしました。

朝《あした》に北海《ほっかい》に遊《あそ》び、暮《く》れには蒼梧《そうご》。
袖裏《しゅうり》の青蛇《せいだ》、胆気粗《たんきそ》なり。
三《み》たび岳陽《がくよう》にいれども、人識《ひとし》らず。
朗吟《ろうぎん》して、飛過《ひか》す洞庭湖《どうていこ》。

四

ふたりをのせた青竹は、まもなく峨眉山へまいおりました。

そこはふかい谷にのぞんだ、幅のひろい一枚岩のうえでしたが、よくよく高いところだとみえて、中空《なかぞら》にたれた北斗《ほくと》の星が、ちゃわんほどの大きさに光っていました。もとより人跡《じんせき》のたえた山ですから、あたりはしんとしずまりかえって、やっと耳にはいるものは、うしろの絶壁にはえている、まがりくねったひと株の松が、こうこうと夜風に鳴る音だけです。

ふたりがこの岩のうえにくると、鉄冠子《てつかんし》は杜子春《とししゅん》を絶壁の下にすわらせて、

「おれはこれから天上《てんじょう》へいって、西王母《せいおうぼ》におめにかかってくるから、おまえはそのあいだここにすわって、おれのかえるのをまっているがいい。たぶんおれがいなくなると、いろいろな魔性《ましょう》があらわれて、おまえをたぶらかそうとするだろうが、たといどんなことがおころうとも、けっして声をだすのではないぞ。もしひとことでも口をきいたら、おまえはとうてい仙人にはなれないものだとかくごをしろ。いいか。天地がさけても、だまっているのだぞ。」

といいました。

「だいじょうぶです。けっして声なぞはだしはしません。命がなくなっても、

だまっています。」

「そうか。それをきいて、おれも安心した。ではおれはいってくるから。」

老人は杜子春にわかれをつげると、またあの竹づえにまたがって、夜目にもけずったような山やまの空へ、一文字《いちもんじ》にきえてしまいました。

杜子春はたったひとり、岩のうえにすわったまま、しずかに星をながめていました。するとかれこれ半時《はんとき》ばかりたって、深山《しんざん》の夜気《やき》がはだざむくうすい着物にとおりだしたころ、とつぜん空中に声があって、

「そこにいるのは何者だ。」

と、しかりつけるではありませんか。

しかし杜子春は仙人の教えどおり、なんとも返事をしずにいました。

ところがまたしばらくすると、やはりおなじ声がひびいて、

「返事をしないと、たちどころに、命はないものとかくごしろ。」

と、いかめしくおどしつけるのです。

杜子春はもちろんだまっていました。

と、どこからのぼってきたのか、らんらんと目を光らせたとらが一ぴき、こつぜんと岩のうえにおどりあがって、杜子春《とししゅん》のすがたをにらみながら、ひと声たかくたけりました。のみならずそれとどうじに、頭のうえの松の枝が、はげしくざわざわゆれたとおもうと、うしろの絶壁の頂からは、四斗《しと》だるほどの白《はく》蛇《だ》が一ぴき、ほのおのような舌をはいて、みるみるちかくへおりてくるのです。

杜子春はしかし平然と、まゆ毛もうごかさずにすわっていました。

とらとへびとは、一つえじきをねらって、たがいにすきでもうかがうのか、しばらくはにらみあいのていでしたが、やがてどちらがさきともなく、一時《いちどき》に杜子春にとびかかりました。が、とらのきばにかまれるか、へびの舌にのまれるか、杜子春の命はまたたくうちに、なくなってしまうとおもったとき、とらとへびとは霧のごとく、夜風とともにきえうせて、あとにはただ、絶壁の松が、さっきのとおりこうこうと枝を鳴らしているばかりなのです。杜子春はほっとひと息しながら、こんどはどんなことがおこるかと、心まちにまっていました。

すると一陣の風がふきおこって、墨のような黒雲がいちめんにあたりをとざすやいなや、うすむらさきのいなずまがやにわに闇を二つにさいて、すさまじく雷《らい》が鳴りだしました。いや、雷ばかりではありません。それといっしょに滝のような雨も、いきなりどうどうとふりだしたのです。杜子春はこの天変のなかに、おそれげもなくすわっていました。風の音、雨のしぶき、それからたえまないいなずまの光、――しばらくはさすがの峨眉山《がびさん》も、くつがえるかとおもうくらいでしたが、そのうちに耳をもつんざくほど、大きな雷鳴がとどろいたとおもうと、空にうずまいた黒雲のなかから、まっかな一本の火柱が、杜子春の頭へおちかかりました。

杜子春はおもわず耳をおさえて、一枚岩のうえへひれふしました。が、すぐに目をひらいてみると、空は以前のとおり晴れわたって、むこうにそびえた山やまのうえにも、ちゃわんほどの北斗《ほくと》の星が、やはりきらきらかがやいています。してみればいまの大あらしも、あのとらや白蛇とおなじように、鉄冠子《てっかんし》のるすにつけこんだ、魔性のいたずらにちがいありません。杜子春はようやく安心して、ひたいのひや汗をぬぐいながら、また岩のうえにすわりなおしました。

が、そのため息がまだきえないうちに、こんどは彼のすわっているまえへ、金のよろいを着くだした、身《み》の丈《たけ》三丈《さんじょう》もあろうという、おごそかな神将《しんしょう》があらわれました。神将は手に三《み》つまたのほこをもっていましたが、いきなりそのほこのきっさきを杜子春《とししゅん》の胸もとへむけながら、目をいからせてしかりつけるのをきけば、

「こら、そのほうはいったい何者だ。この峨眉山《がびさん》という山は、天地開《てんちかい》びゃくのむかしから、おれがすまいをしているところだぞ。それもはばからずたったひとり、ここへ足をふみいれるとは、よもやただの人間ではあるまい。さあ命がおしかったら、一刻もはやく返答しろ。」

というのです。

しかし杜子春は老人のことばどおり、黙然《もくねん》と口をつぐんでいました。

「返事をしないか。――しないな。よし。しなければ、しないでかってにしろ。そのかわりおれの眷属《けんぞく》たちが、そのほうをずたずたにきってしまうぞ。」

神将はほこをたかくあげて、むこうの山の空をまねきました。そのとたんに

やみがさっとさけると、おどろいたことには無数の神兵《しんぺい》が、雲のごとく空にみちみちて、それがみなやりや刀をきらめかせながら、いまにもここへひとなだれに攻めよせようとしているのです。

このけしきを見た杜子春は、おもわずあっとさけびそうにしましたが、すぐにまた鉄冠子《てっかんし》のことばをおもいだして、いっしょうけんめいにだまっていました。神将は彼がおそれないのを見ると、おこったのおこらないのではありません。

「この強情者め、どうしても返事をしなければ、やくそくどおり命はとってやるぞ。」

神将はこうわめくがはやいか、三つまたのほこをひらめかせて、ひとつきに杜子春をつきころしました。そうして峨眉山もどよむほど、からからとたかくわらいながら、どこともなくきえてしまいました。もちろんこのときはもう無数の神兵も、ふきわたる夜風の音といっしょに、夢のようにきえうせたあとだったのです。

北斗《ほくと》の星はまた寒そうに、一枚岩のうえを照らしはじめました。絶壁の松もまえにかわらず、こうこうと枝を鳴らせています。が、杜子春《とししゅん》はとうに息がたえて、あおむけにそこへたおれていました。

五

杜子春のからだは岩のうえへ、あおむけにたおれていましたが、杜子春のたましいは、しずかにからだからぬけだして、地獄の底へおりていきました。

この世と地獄とのあいだには、闇穴道《あんけつどう》という道があって、そこは年じゅうくらい空に、氷のようなつめたい風がぴゅうぴゅうふきすさんでいるのです。杜子春はその風にふかれながら、しばらくはただ木《こ》の葉《は》のように、空をただよっていきましたが、やがて森羅殿《しんらでん》という額《がく》のかかったりっぱなご殿《てん》のまえへでました。

ご殿のまえにいたおおぜいのおにには、杜子春のすがたを見るやいなや、すぐにそのまわりをとりまいて、階《きざはし》のまえへひきすえました。階のうえにはひとりの王さまが、まっくろなきものに金のかんむりをかぶって、いかめしくあたりをにらんでいます。これはかねてうわさにきいた、えんま大王にちがいありません。杜子春はどうなることかとおもいながら、おそるおそるそこへひざまずいていました。

「こら、そのほうはなんのために、峨眉山《がびさん》のうえへすわっていた?」

えんま大王の声はかみなりのように、階のうえからひびきました。杜子春はさっそくその問いに答えようとしましたが、ふとまたおもいだしたのは、「けっして口をきくな。」という鉄冠子《てっかんし》のいましめのことばです。そこでただ頭をたれたまま、おしのようにだまっていました。するとえんま大王は、もっていた鉄のしゃくをあげて、顔じゅうのひげをさかだてながら、

「そのほうはここをどこだとおもう? すみやかに返答をすればよし、さもなければ時をうつさず、地獄の呵責《かしゃく》にあわせてくれるぞ。」

と、いたけだかにののしりました。

が、杜子春《とししゅん》はあいかわらずくちびるひとつうごかしません。それを見たえんま大王は、すぐにおにどものほうをむいて、あらあらしくなにかいいつけると、おにどもは一度にかしこまって、たちまち杜子春をひきたてながら、森羅殿《しんらでん》の空へ舞いあがりました。

地獄にはだれでも知っているとおり、剣《つるぎ》の山や血の池のほかにも、焦熱地獄《しょうねつじごく》というほのおの谷や極寒地獄《ごっかんじごく》という氷の海が、まっくらな空の下にならんでいます。おにどもはそういう地獄のなかへ、かわるがわる杜子春をほうりこみました。ですから杜子春はむざんにも、剣《つるぎ》に胸をつらぬかれるやら、ほのおに顔をやかれるやら、舌をぬかれるやら、皮をはがれるやら、鉄のきねにつかれるやら、油のなべに煮られるやら、毒蛇《どくじゃ》に脳みそをすわれるやら、くまたかに目を食われるやら、——そのくるしみをかぞえたてていては、とうてい際限がないくらい、あらゆる責め苦にあわされたのです。それでも杜子春はがまんづよく、じっと歯をくいしばったまま、ひとことも口をききませんでした。

これにはさすがのおにどもも、あきれかえってしまったのでしょう。もういちど夜のような空をとんで、森羅殿のまえへかえってくると、さっきのとおり杜子春を階《きざはし》の下にひきすえながら、ご殿のうえのえんま大王に、

「この罪人《ざいにん》はどうしても、ものをいう気色《けしき》がございません。」

と、口をそろえて言上《ごんじょう》しました。

えんま大王はまゆをひそめて、しばらく思案にくれていましたが、やがてなにかおもいついたとみえて、

「この男の父母《ちちはは》は、畜生道《ちくしょうどう》におちているはずだから、さっそくここへひきたててこい。」

と、一ぴきのおににいいつけました。

おにはたちまち風にのって、地獄の空へ舞いあがりました。とおもうと、また星がながれるように、二ひきのけものをかりたてながら、さっと森羅殿のまえへおりてきました。そのけものを見た杜子春は、おどろいたのおどろかないのではありません。なぜかといえばそれは二ひきとも、形はみすぼらしいやせ馬でしたが、顔は夢にもわすれない、死んだ父母《ちちはは》のとおりでしたから。

「こら、そのほうはなんのために、峨眉山《がびさん》のうえにすわっていたか、まっすぐに白状しなければ、こんどはそのほうの父母《ちちはは》に痛いおもいをさせてやるぞ。」

杜子春《とししゅん》はこうおどされても、やはり返答をしずにいました。

「この不孝者めが。そのほうは父母《ちちはは》がくるしんでも、そのほうさえつごうがよければ、いいとおもっているのだな。」

えんま大王は森羅殿《しんらでん》もくずれるほど、すさまじい声でわめきました。

「うて。おにども。その二ひきの畜生を、肉も骨もうちくだいてしまえ。」

おにどもはいっせいに「はっ。」と答えながら、鉄のむちをとって立ちあがると、四方八方から二ひきの馬を、未練未釈《みれんみしゃく》なくうちのめしました。むちはりゅうりゅうと風をきって、ところきらわず雨のように、馬の皮肉《ひにく》をうちやぶるのです。馬は、——畜生になった父母《ちちはは》は、くるしそうに身をもだえて、目には血の涙をうかべたまま、見てもいられないほどいななきたてました。

「どうだ。まだそのほうは白状しないか。」

えんま大王はおにどもに、しばらくむちの手をやめさせて、もういちど杜子春の答えをうながしました。もうそのときには二ひきの馬も、肉はさけ骨はくだけて、息もたえだえに階《きざはし》のまえへ、たおれふしていたのです。

杜子春はひっしになって、鉄冠子《てっかんし》のことばをおもいだしながら、かたく目をつぶっていました。するとそのとき彼の耳には、ほとんど声とはいえないくらい、かすかな声がつたわってきました。

「心配をおしでない。わたしたちはどうなっても、おまえさえしあわせになれるのなら、それよりけっこうなことはないのだからね。大王がなんとおっしゃっても、いいたくないことはだまっておいで。」

それはたしかになつかしい、母親の声にちがいありません。杜子春はおもわず、目をあきました。そうして馬の一ぴきが、ちからなく地上にたおれたまま、かなしそうに彼の顔へ、じっと目をやっているのを見ました。母親はこんなくるしみのなかにも、むすこの心をおもいやって、おにどものむちにうたれたことを、うらむ気色《けしき》さえも見せないのです。大金持ちになればおせじをいい、びんぼう人になれば口もきかない世間の人たちにくらべると、なんというありがたいこころざしでしょう。なんというけなげな決心でしょう。杜子春《とししゅん》は老人のいましめもわすれて、まろぶようにそのそばへはしりよると、両手に半死の馬の首をだいて、はらはらと涙をおとしながら、

「おかあさん。」

とひと声をさけびました。……

六

その声に気がついてみると、杜子春はやはり夕日をあびて、洛陽《らくよう》の西の門の下に、ぼんやりたたずんでいるのでした。かすんだ空、白い三日月、たえまない人や車の波、――すべてがまだ峨眉山《がびさん》へ、いかないまえとおなじことです。

「どうだな。おれの弟子《でし》になったところが、とても仙人にはなれはすまい。」

片目すがめの老人は微笑をふくみながらいいました。

「なれません。なれませんが、しかしわたしはなれなかったことも、かえって

うれしい気がするのです。」

杜子春はまだ目に涙をうかべたまま、おもわず老人の手をにぎりました。

「いくら仙人になれたところが、わたしはあの地獄の森羅殿《しんらでん》のまえに、むちをうけている父母《ちちはは》は見ては、だまっているわけにはいきません。」

「もしおまえがだまっていたら——」

と、鉄冠子《てっかんし》はきゅうにおごそかな顔になって、じっと杜子春を見つめました。

「もしおまえがだまっていたら、おれはそくざにおまえの命をたってしまおうとおもっていたのだ。——おまえはもう仙人になりたいというのぞみももっていまい。大金持ちになることは、もとよりあいそがつきたはずだ。ではおまえはこれからのち、なにになったらいいとおもうな。」

「なにになっても、人間らしい、正直なくらしをするつもりです。」

杜子春の声にはいままでにないはればれした調子がこもっていました。

「そのことばをわすれるなよ。ではおれはきょうかぎり、二度とおまえにはあわないから。」

鉄冠子《てっかんし》はこういううちに、もうあるきだしていましたが、きゅうにまた足をとめて、杜子春《とししゅん》のほうをふりかえると、

「おお、さいわい、いまおもいだしたが、おれは泰山《たいざん》の南のふもとに一けんの家をもっている。その家を畑ごとおまえにやるから、さっそくいって住まうがいい。いまごろはちょうど家のまわりに、桃の花がいちめんにさいているだろう。」

と、さもゆかいそうにつけくわえました。

（芥川龍之介「杜子春」『少年少女世界文学全集 22』〈学研〉より）

※原文の旧字体・旧かなづかい・送りがなは、現代のものに改めました。

※本作品の中に、今日では使われれない表現があります。編集部では、偏見や差別につながらないよう表現に十分な配慮をしていますが、作品の文学性や描かれた時代背景等を考慮して原文のまま掲載いたしました。

「あのころ」をふりかえる

■芥川龍之介《あくたがわりゅうのすけ》

一八九二（明治二十五）年、東京生まれの作家。新人作家に与えられる文学賞である「芥川賞《あくたがわしょう》」の由来となった人物である。大学生のとき、『今昔《こんじゃく》物語集』、『宇治拾遺《うじしゅうい》物語』といった日本の古典を題材にした短編小説「鼻《はな》」を発表。この作品が夏目漱石《なつめそうせき》に絶賛され、文壇で注目されるようになった。豊富な知識をもとに、古典をアレンジした作品は他にも多数あり、「羅生《らしょう》門《もん》」、「地獄変《じごくへん》」、「藪《やぶ》の中」などがその代表に当たる。「蜘蛛《くも》の糸」、「杜子春《とししゅん》」など、子ども向けに書かれた作品もある。また、短歌や俳句も多く残した。

一九二七（昭和二）年、逝去。

「杜子春」は、小学六年生の教科書にその一部が採録された。授業では、登場人物や情景の描写で、特に工夫されている点に注意して朗読する、という指導が行われた。

この本は下記のように環境に配慮して製作しました。

●製版フィルムを使用しないCTP方式で印刷しました。

●環境に配慮した紙を使用しています。

編集協力　田中裕子／小谷千里
本文イラスト　小谷千里
カバーイラスト　生駒さちこ
帯文字　澤田未来
ブックデザイン　星 光信（Xing Design）

読者アンケートのお願い

本書に関するアンケートにご協力ください。下のコードか URL からアクセスし、以下のアンケート番号を入力してご回答ください。ご協力いただいた方の中から抽選で「図書カードネットギフト」贈呈いたします。

アンケート番号：406942

https://ieben.gakken.jp/qr/nakerumeisaku/